*Die Kernbarts – Eine jüdische Chronik
Erinnerungen zwischen Schweigen und
Tee*

AF191530

Ignaz Kernbart

Die Kernbarts – Eine jüdische Chronik

Erinnerungen zwischen Schweigen und Tee

Bibliografische Information der Deutschen Nationalbibliothek
Die Deutsche Nationalbibliothek verzeichnet diese Publikation in der Deutschen Nationalbibliografie; detaillierte bibliografische Daten sind im Internet über http://dnb.d-nb.de abrufbar.

ISBN: 978-3-8192-7940-9

Copyright (2025) Ignaz Kernbart
Verlag: BoD · Books on Demand GmbH,
Überseering 33, 22297 Hamburg,
bod@bod.de
Druck: Libri Plureos GmbH,
Friedensallee 273, 22763 Hamburg
Alle Rechte bei dem Autoren.

Vorwort

Ich war fünfzehn Jahre alt, als ich meinem Großvater zum ersten Mal begegnete. Bis dahin kannte ich ihn nur von Fotografien – verblichenen, manchmal unscharfen Aufnahmen, auf denen er entweder den Blick abwandte oder die Hände verschloss, als müsse er etwas bei sich behalten. Er hatte viele Jahre in Jerusalem gelebt, aus Gründen, die ich damals nicht verstand und die auch niemand erklärte. Man sprach von ihm selten, und wenn, dann in einer Mischung aus Anerkennung und Ratlosigkeit.

Eines Tages kam die Nachricht, dass er zurück sei – wortlos wie sein Weggang. Und da stand ich nun, ein schmaler Junge mit zu großen Schuhen, vor dem Eingang jenes Altbaus in der Pappelstraße, in dem er nun wohnen sollte. Die Hausnummer war verwittert, das Klingelschild leer. Ich drückte trotzdem, hörte ein leises Brummen, das sich fast entschuldigte, und stieg die Treppe hinauf.

Der Putz an den Wänden blätterte, als hätte jemand versucht, etwas Vergangenes abzukratzen und aufgegeben. Es roch nach warmem Holz, kaltem Kaffee und einem Hauch Linoleum. Ich hielt den Atem an, als ich vor der Tür stand. Sie war alt, schwer, aus dunklem Eichenholz, mit einem Briefschlitz, durch den ich nie einen Brief schicken würde.

Ich klopfte. Es dauerte. Dann ein Geräusch – als hätte jemand langsam einen Vorhang zur Seite gezogen. Die Tür öffnete sich einen Spalt, dann ganz.

Er sah mich an, als hätte er mich erwartet, aber nicht genau gewusst, wann. Sein Gesicht war schmal, die Haut wie zerknittertes Papier. Er trug ein Hemd mit ausgeleiertem Kragen, darunter ein wollener Pullunder. Die Brille saß schief, aber seine Augen waren klar.

„Du bist also Ignaz", sagte er. Keine Frage, keine Umarmung, nur eine Feststellung. Ich nickte.

Er drehte sich um und ging langsam in die Wohnung zurück. Ich folgte ihm. Der Flur war schmal, der Teppich verblichen, aber an einer Stelle lag ein kleines Stück Karton unter dem Läufer – ein provisorischer Versuch, den Knick darin auszugleichen. Links ging es in eine kleine Küche, rechts in einen Raum, der einmal ein Wohnzimmer gewesen sein musste. Darin stand ein niedriger Tisch, zwei Sessel, ein Bücherregal, das sich unter der Last alter Bände bog, und ein Fenster mit Blick in einen stillen Innenhof.

Er setzte Wasser auf, ohne zu fragen, ob ich Tee wollte. Als er mir eine Tasse reichte, war sie nicht ganz sauber, aber sie war warm. Er setzte sich mir gegenüber, und ohne Vorrede, ohne Erklärung, sagte er:

„Du willst also wissen, wie es war."

Ich wusste nicht, was ich sagen sollte. Also schwieg ich.

Er begann zu erzählen.

Kapitel 1

"Du willst also wissen, wie es war," sagte mein Großvater, ohne mich anzusehen. Er sah auf seine Tasse, als sei dort eine Antwort versteckt, die er fürchtete. Ich wartete. Er sprach leise, aber deutlich, als wäre das Erzählen selbst eine alte Pflicht, der man sich nicht entziehen kann.

"Ich erinnere mich nicht an alles. Aber ich erinnere mich an das, was keiner glaubt. Unsere Familie, die Kernbarts, kam angeblich aus einem Dorf, das auf keiner Karte mehr steht. Man nannte es Gründel oder Grendel, ich bin mir nicht sicher. In manchen Erzählungen lag es in der Bukowina, in anderen war es ein Vorort von Krakau, den man mit Bleistift in alten Familienbibeln notierte."

Ich sah ihn an, wie er da saß, mit der Tasse in der Hand, sein Blick verschwommen zwischen Wand und Vergangenheit. Er schien nicht zu sprechen, sondern zu übersetzen, von einer Sprache, die nur er verstand.

"Wir hatten nie viel. Aber wir hatten etwas, das ich heute vermisse: eine Form der Zuversicht, die nicht auf Besitz beruhte. Mein Urgroßvater, Scholem Kernbart, war ein Mann mit einer Stimme wie Mohnkuchen. Weich, aber mit Kanten. Er sprach wenig, aber wenn er etwas sagte, hörte man zu. Er sagte einmal zu mir: 'Wenn du weißt, wohin dein Schatten fällt, weißt du auch, wohin du gehen musst.'"

Ich schob meine kalte Tasse auf dem Tisch hin und her. Mein Großvater bemerkte es.

"Du bist kein Teetrinker, hm?"

"Nicht so sehr," sagte ich. "Ich trinke eher Kaffee."

Er lächelte zum ersten Mal. "Kaffee ist für Leute, die glauben, sie hätten keine Zeit. Tee ist für die, die wissen, dass Zeit sich dehnen kann."

Dann schwieg er wieder. Ich dachte schon, das wäre alles gewesen. Doch er hob den Blick und fragte:

"Und du, Ignaz? Was machst du? Was beschäftigt dich?"

Ich überlegte kurz. "Ich schreibe manchmal. Texte. Ich beobachte gern. In der Schule bin ich eher still. Ich denke oft nach, auch wenn ich es nicht zeigen will."

Er nickte langsam. "Stille ist ein Talent. In unserer Familie hatten viele den Mund voll und das Herz leer. Aber der, der schweigt, kann den Wind hören."

Ich wusste nicht, ob das auf mich zutraf, aber es klang schön. Er fuhr fort:

"Die Familie zerfiel nach und nach. Nicht nur durch Krieg oder Flucht. Auch durch Streit. Der eine wurde Sozialist, der andere Zionist, ein dritter wollte einfach seine Ruhe. In Wien gab es eine Cousine, die Opernsängerin war. Ihr Bruder wurde Mathematiker und sprach nur noch in Zahlen. Und doch waren wir verbunden, durch eine Art unsichtbares Garn."

Er stand auf, holte aus einem Regal eine kleine Blechdose. Er öffnete sie und holte ein vergilbtes Foto heraus. Darauf ein Mann mit Bart und Hut, der ein Kind auf dem Arm trug. Das Kind lachte, der Mann nicht.

"Das bin ich," sagte mein Großvater. "Und der Mann ist mein Vater. Jakob Kernbart. Er starb in einem Februar. Ich erinnere mich, dass der Schnee wie Zucker fiel, süß und lautlos."

Er sah das Foto lange an, dann reichte er es mir.

"Du musst wissen, Ignaz: Namen sind wie Samen. Sie keimen nicht immer dort, wo man sie sät. Aber manchmal, wenn man sie vergisst, wachsen sie trotzdem."

Ich steckte das Foto in mein Notizheft. Er bemerkte das und nickte still.

"Schreib auf, was du willst. Aber schreib es nicht nur für andere. Schreib es für dich. Wenn du es dann vergisst, wird es irgendwann jemand finden und verstehen."

Die Wanduhr schlug eine leise Stunde. Draußen dämmerte es. Der Tee war kalt geworden.

"Eine letzte Weisheit für heute," sagte er und sah mich an. "Wenn du einen Menschen wirklich kennen willst, frag ihn nicht nach seiner Meinung, sondern nach seiner Erinnerung."

Ich nickte. Und zum ersten Mal hatte ich das Gefühl, dass diese Begegnung kein Besuch war, sondern ein Anfang.

Dann sagte er: "Morgen erzähle ich dir von Bronja. Sie hatte eine Stimme, mit der man Licht anzünden konnte."

Ich stand auf. Die Tasse klapperte leise, als ich sie zurück auf den Tisch stellte. Er sah mich nicht mehr an. Aber ich wusste, er hatte mich gesehen.

Und ich wusste, ich würde wiederkommen.

Auf dem Weg zur Tür blieb ich noch einmal stehen. Im Flur hingen drei Mäntel – einer gehörte ihm, der zweite war offensichtlich viel zu groß, und der dritte zu klein. Ich fragte nicht. Ich war mir nicht einmal sicher, ob er es bemerkt hätte, wenn ich gefragt hätte. Als ich die schwere Haustür wieder hinter mir schloss, war es draußen dunkler geworden. Die Treppe knarrte nicht mehr unter meinen Schritten. Der Flur roch nach Kohlestaub und etwas, das wie Tinte war. Ich nahm das Notizheft aus meiner Jacke, öffnete es und schrieb auf: "Erinnerung ist kein Besitz. Sie ist ein Ort."

Der Satz stand da, schlicht, allein auf der Seite. Und er gehörte schon nicht mehr mir.

Kapitel 2

Am nächsten Nachmittag regnete es. Kein dramatischer Regen, kein Donner, nur dieses ruhige, stetige Tropfen, das man durch das offene Küchenfenster hörte, als ich wieder vor der alten Wohnungstür stand. Ich klopfte nicht sofort. Ich wartete einen Moment, lauschte auf Schritte hinter dem Holz, und als ich nichts hörte, klopfte ich zweimal. Die Tür öffnete sich schneller als am Vortag. Mein Großvater hatte bereits Wasser aufgesetzt.

"Du bist zurück," sagte er, ohne Verwunderung.

Ich nickte. "Wie versprochen."

Er wies auf den gleichen Platz wie gestern. Alles war gleich geblieben. Nur der Geruch hatte sich verändert: feuchter, voller. Irgendwo hing der Duft von gekochten Zwiebeln in der Luft, vielleicht von einem Nachbarn. Der Tisch war leer, bis auf eine geöffnete Zeitung von vorgestern und eine einzelne, goldene Brille, die dort lag wie eine Geste.

Er stellte zwei Tassen auf den Tisch und setzte sich. "Heute Bronja," sagte er. "Aber vorher... ich möchte dir etwas erzählen, das mir mein Großvater einst erzählte."

Ich spürte, wie mein Notizheft in der Jackentasche schwerer wurde.

"Wir hatten einmal einen Ahn, Izchak Kernbart, der überall als 'der mit dem Rucksack voller Zeit' bekannt war. Er trug immer denselben dunklen Sack, selbst im Sommer, und darin bewahrte er nichts Sichtbares auf. Aber er sagte, in diesem Rucksack seien alle Geschichten, die noch nicht erzählt wurden. Als ich sieben war, durfte ich ihn fragen, ob ich hineinsehen dürfe. Er lächelte und sagte: 'Ignaz, wenn du alt genug bist, wirst du feststellen, dass die wichtigsten Dinge unsichtbar sind, aber schwerer als Steine.'"

Er lachte leise, als wäre er plötzlich selbst wieder sieben.

"Izchak lebte in einem kleinen Dorf, ich glaube, es hieß Tłuste oder vielleicht Tarnogród, keiner weiß es mehr genau. Sie waren Buchbinder, so erzählte man, aber was sie wirklich banden, war nicht Papier, sondern Erinnerung. Mein Urgroßvater nannte das: 'Gedächtnisheftung'. Es gab ein Sprichwort in der Familie: 'Was du nicht festnageln kannst, mußt du erzählen.'"

Er trank einen Schluck Tee, dann fuhr er fort:

"Meine Großmutter sprach Jiddisch mit mir, aber nur, wenn sie mich besonders mochte. Es war eine Sprache voller Türen, die aufgingen, wenn du mit Respekt klopftest. Sie sagte nie: 'Ich liebe dich', sondern: 'Du darfst bleiben.' Und das bedeutete mehr."

Ich schrieb leise mit. Meine Handbewegungen waren klein, fast scheu. Ich wollte nicht stören.

"Bronja war anders," sagte er dann plötzlich, als wäre sie schon im Raum. "Sie war keine Kernbart. Aber sie wurde eine. Man hätte sie nicht übersehen können, nicht einmal im Dunkeln. Ihre Stimme war tief, voller Licht. Sie sang nicht, sie sprach in Musik. Und wenn sie schwieg, war das wie das Ende eines Konzerts, bei dem niemand klatscht, weil alle noch hören."

Er stand auf, ging zum Regal und nahm ein kleines Notenheft heraus. Die Seiten waren vergilbt, am Rand eingerissen. Er legte es vor mich hin. Auf der ersten Seite stand mit krummer Handschrift: "Bronjas Lieder. Für keine Ohren."

"Sie war die Schwester meines besten Freundes. Ich war zwanzig, sie sechzehn. Wir trafen uns heimlich, nicht weil es verboten war, sondern weil es schöner war, wenn es niemand wusste. Sie spielte Klavier wie andere Leute atmen. Ihr Lieblingsstück war etwas, das niemand kannte. Ein eigener Walzer, den sie immer nur zur Hälfte spielte. Ich fragte sie einmal, warum sie nie das

Ende spiele, und sie sagte: 'Weil nichts je wirklich endet.'"

Er sah mich an. "Du glaubst vielleicht, dass es eine große Liebe war. Aber es war keine. Es war eine große Begegnung. Und das ist viel seltener."

Draußen regnete es weiter, der Ton der Tropfen schien sich dem Rhythmus seiner Stimme anzupassen. Ich fragte: "Was geschah mit ihr?"

Er öffnete die Schublade unter dem Tisch, holte eine alte Postkarte hervor. Darauf: ein Fluss, ein Steg, zwei Kinder mit Rücken zum Betrachter.

"Das ist das Letzte, was ich von ihr habe. Sie ging nach Frankreich, wurde Sängerin. Einmal hörte ich sie im Radio. Ich wusste, es war sie, obwohl ihr Name nie genannt wurde. Ich erkannte das Verstummen."

Er legte die Karte neben das Notenheft. "Diese Dinge bewahre ich auf, nicht weil sie mich traurig machen, sondern weil sie mich daran erinnern, dass ich dazugehört habe."

Er stand auf, holte frisches Wasser, goss neuen Tee auf. Dann sagte er, fast beiläufig: "Du wirst all das vergessen, Ignaz. Und das ist gut. Denn was vergessen wird, lebt woanders weiter."

Ich wusste nicht, was ich sagen sollte. Ich schrieb es auf.

Dann fragte ich: "Wie war dein Vater, also Jakob?"

Er sah kurz zur Wand, als wäre sie ein Fenster.

"Ein leiser Mann. Er reparierte Dinge, die andere wegwarfen. Nie beruflich, immer aus Trotz. Er sagte oft: 'Alles, was kaputt ist, ist eine Einladung.' Ich habe ihn einmal beobachtet, wie er eine Uhr zerlegte, die nicht mehr lief, und sie dann ganz bewusst falsch wieder zusammensetzte. Ich fragte ihn, warum. Er antwortete: 'Damit die Zeit mal was anderes denkt.'"

Ich lachte leise. Mein Großvater lächelte.

"Du siehst, wir waren keine große Familie. Aber wir hatten unsere Eigenheiten. Und unsere Wörter."

Die Uhr tickte leise. Der Regen wurde feiner. Der Tee war fast leer. Aber keiner von uns rührte sich.

Er sagte: "Wenn du morgen wiederkommst, erzähle ich dir von meiner Schwester. Sie war so still, dass man sie fast vergessen hätte. Aber ihr Schweigen war voller Dinge."

Ich stand auf, nahm das Notizheft und das Bild von Bronjas Steg. Ich wollte fragen, ob ich es behalten dürfe, aber er nickte bereits.

Als ich die Tür hinter mir schloss, war der Regen schwächer geworden. Ich ging langsam. Nicht aus Müdigkeit, sondern um das Gehörte nicht zu verlieren.

Der Weg nach Hause fühlte sich leichter an, obwohl ich mehr trug als zuvor.

Kapitel 3

Der Regen hatte aufgehört, aber der Himmel blieb schwer. Ich trat ein, ohne zu klopfen. Er hatte die Tür nur angelehnt, als hätte er gewusst, dass ich wiederkommen würde. Ich schob sie vorsichtig auf, trat in die Wohnung. Mein Großvater saß am Tisch, der diesmal mit einem großen Leinentuch bedeckt war, das leicht wellte, als hätte jemand darunter geatmet. Auf dem Tuch lag ein Glas Honig, ein altes Taschenmesser und eine Schale mit Aprikosenkernen. Es roch nach Staub, Buchseiten und einem Hauch Essig.

"Du bist spät", sagte er, ohne aufzusehen. Ich war nicht spät.

Ich setzte mich gegenüber. Er hatte eine Lesebrille aufgesetzt, die an einem Hakenfaden um seinen Hals hing wie ein kleiner Altar. Er blickte mich lange an, dann sagte er: "Weißt du, Ignaz, als ich jung war, glaubte ich für eine Weile, ich sei kein Mensch."

Ich sagte nichts. Er schien zu warten, ob ich lache. Ich tat es nicht.

"Ich meine das ernst. Ich war überzeugt, ich sei nicht von hier. Nicht im Sinne von 'ich gehöre nicht dazu', sondern wirklich: nicht von hier. Ich hatte diese Idee, dass meine Familie mich versteckt hielt, weil ich nicht dazugehörte. Weil ich aus einer anderen Welt kam."

Ich versuchte zu deuten, ob er spottete, doch da war kein Grinsen, nur Erinnerung. Er schob die Schale mit den Aprikosenkernen zu mir.

"Mein Onkel Elimelech nannte mich manchmal 'der Junge mit den langen Augen'. Er sagte, ich sehe Dinge, die nicht da seien, und – wichtiger noch – ich sehe, wenn andere nicht sehen. Ich stellte mir oft vor, dass ich nachts durch die Decke schweben könnte. Da oben war etwas. Ich hatte Träume von Räumen ohne Wände, von Wesen mit leuchtenden Köpfen, die in alten Sprachen flüsterten. Und das Seltsame: ihre Sprache kam mir vertraut vor."

Er stand auf, ging langsam zum Regal, holte ein altes Heft. Kein Einband, nur gefaltete Seiten, die mit Bleistift beschrieben waren. Er schlug es in der Mitte auf.

"Ich habe es damals aufgeschrieben. Die Träume. Die Gestalten. Die Worte. Alles."

Er reichte mir das Heft. Ich nahm es vorsichtig, als könne es zerfallen. Die Schrift war eckig, gedrängt, manchmal unterbrochen von Zeichnungen: Augen, Spiralen, ein Turm mit offenen Wurzeln. Ein Wort kam immer wieder: Zamar.

"Was bedeutet das?", fragte ich.

Er zuckte die Schultern. "Ich weiß es nicht. Vielleicht war es ihr Name. Vielleicht war es ein Ort. Vielleicht war es ich."

Ich blätterte weiter. In einem Absatz stand:

Sie kamen zu dritt. Einer trug das Gesicht meines Vaters. Einer war durchsichtig. Einer sprach meine Sprache mit dem Mund meiner Mutter. Sie brachten mir ein Geräusch, das wie Licht war.

Ich schaute auf. Er beobachtete mich, nicht beunruhigt, sondern fast heiter.

"Es war meine Art, mit der Welt umzugehen. Ich hatte Angst. Aber wenn ich mir vorstellte, dass ich nicht dazugehörte, dann war die Angst nicht mehr meine. Dann war sie nur geliehen."

Er nahm das Heft zurück, legte es vorsichtig neben den Honig. "In unserer Familie sprach niemand über so etwas. Wenn du mit sieben seltsame Dinge sagst, bekommst du Tee mit Zucker und man nennt es Fieber. Aber ich wusste, dass ich mir nichts ausdachte. Ich übersetzte nur."

Ich dachte an meine eigenen Träume. An das dunkle Wasser unter meiner Schule, an die große Frau mit den leeren Händen. Ich hatte nie darüber gesprochen.

"Weißt du", sagte er, "ich glaube nicht, dass es um Außerirdische ging. Nicht wirklich. Aber ich glaube, manche Menschen brauchen das

Fremde, um das Eigene ertragen zu können. Ich sah mich als fremd, weil ich das, was war, nicht aushielt."

Ein Moment verging. Die Uhr an der Wand tickte ein wenig lauter als zuvor.

"Meine Großmutter sagte einmal: 'Manche Menschen sind nicht von hier, weil sie das Hier zu genau sehen.' Das war ein Lob. Ich habe es erst spät verstanden."

Er stand auf, stellte die Tassen in die Spüle. Dann lehnte er sich an die Anrichte, sah zum Fenster hinaus.

"Einmal dachte ich, ich könnte wirklich gehen. Ich wollte einfach loslaufen, ohne Ziel. Ich war siebzehn. Ich ging bis an den Stadtrand. Und dann kam ich zurück. Ich wusste, dass auch der Rand dazugehört."

Er wandte sich mir wieder zu.

"Vielleicht, Ignaz, ist das die erste jüdische Regel: Geh nie so weit, dass du nicht zurückfindest."

Ich nickte. Und ich wusste, dass der zweite Teil seiner Geschichte nun folgen würde. Nicht mehr über Wesen aus Träumen, sondern über Regeln, die in keiner Tora standen, aber in unseren Köpfen. Und in unseren Tassen, in unseren Wörtern, in unseren Schränken.

Er nahm einen Aprikosenkern, hielt ihn gegen das Licht und sagte: "Jetzt wird es ein bisschen strenger. Aber nicht weniger seltsam."

Dann holte er ein kleines Tuch aus der Schublade, entfaltete es langsam und legte es wie ein Ritualtuch auf den Tisch. Darauf stellte er ein kleines, metallisches Kästchen, das er aufklappte. Darin befanden sich sechs Zettel, ordentlich gefaltet, mit Bleistift beschriftet. "Das hier", sagte er, "sind die Regeln, die nie jemand geschrieben hat. Die man aber trotzdem kennt, wenn man Kernbart ist."

Er reichte mir den ersten Zettel. Darauf stand: „Man stirbt nicht beim ersten Abschied."

"Das sagte meine Mutter immer, wenn ich zum ersten Mal fortging – zur Schule, ins Lager, zur Armee. Der erste Abschied tut weh, aber er ist nicht tödlich. Die meisten Menschen fürchten sich davor, aber er ist ein Prüfstein."

Der zweite Zettel lautete: „Man antwortet nicht sofort."

"Wenn du gefragt wirst, was du denkst – wartest du. Eine Antwort ist kein Reflex. Eine Antwort ist ein Spiegel."

Der dritte: „Man hört beim Abwasch zu."

Ich blickte ihn an. "Wirklich?"

"Ja. Die besten Geschichten passieren, wenn niemand zuhört. Und wenn du dann still bist, erfährst du, wer wirklich ist."

Die übrigen drei Regeln las er mir nicht vor. Er faltete sie langsam zurück. "Die letzten drei muss man selbst entdecken."

Draußen war es inzwischen dunkel geworden. Ich war nicht sicher, ob Stunden oder nur ein tiefer Moment vergangen waren. Aber ich wusste, ich würde mich an diesen Tag erinnern. Nicht wegen der Regeln. Sondern wegen der Ruhe, mit der sie ausgesprochen wurden.

"Ignaz", sagte er leise, "es gibt keine außerirdischen Wesen. Aber es gibt Menschen, die wie sie wirken, weil sie in sich leuchten. Wenn du einen findest, geh nicht weiter."

Ich sagte nichts. Ich sah nur den Aprikosenkern in seiner Hand, und wie er ihn drehte, langsam, als wäre darin ein ganzer Planet verborgen.

Kapitel 4

"Wenn du das sagst, Großvater, gibt es dann auch Regeln für Menschen wie mich?"

Ich weiß nicht, warum ich das gefragt hatte. Es war, als hätte sich die Frage selbst über meine Lippen geschoben. Doch kaum war sie ausgesprochen, blieb sie im Raum stehen wie ein plötzlich sichtbarer Staubkornwirbel im Licht.

Mein Großvater antwortete nicht sofort. Er wandte sich dem Küchenfenster zu, das nur einen schmalen Blick auf den Innenhof erlaubte. Dort hing weiße Wäsche in der Stille, bewegt vom Wind, als schriebe jemand geheime Zeichen in die Luft.

"Die Regeln, Ignaz, sind nicht für uns. Sie sind von uns."

Er ließ den Satz wirken. Ich glaubte zu verstehen, aber nicht ganz. Vielleicht sollte ich es auch nicht sofort. Vielleicht war es wie mit dem zweiten Zettel: Man antwortet nicht sofort.

Er rückte den Stuhl ein Stück zur Seite, zog eine der großen Laden aus der Anrichte und holte ein altes Fotoalbum hervor. Es war dick, mit einem Bezug aus grauem Leinen, der an den Ecken ausgefranst war. Er blätterte langsam, als müsse er jeder Seite etwas entlocken, was sie selbst vergessen hatte.

"Hier", sagte er, und zeigte auf ein Foto, das auf den ersten Blick nicht viel hergab: Ein kleiner Junge, barfuß auf einem Teppich, neben einem Tisch mit drei aufgestellten Gläsern und einem umgekehrten Löffel.

"Das war ich. Das ist Schabbat."

Ich runzelte die Stirn.

"Der Löffel?", fragte ich.

"Ah. Der Löffel war mein eigenes Symbol. Ich konnte damals noch nicht beten. Also sagte ich nichts, aber ich drehte den Löffel um, damit er still war. Die Erwachsenen haben das nie verstanden. Aber für mich war es eine Art Amen."

Er blätterte weiter, zeigte mir Bilder von verschwommenen Küchen, auf denen immer eine bestimmte weiße Decke auftauchte. "Meine Tante Rachel bestand darauf, dass man beim Essen etwas abdeckt. Nicht aus Reinheit. Aus Erinnerung. Ihr Vater hatte als Kind sein einziges Stück Brot immer unter der Decke versteckt, weil er es teilen musste, wenn es jemand sah."

Ich sah ihn an. "War sie streng?"

"Nein. Aber sie hatte Augen wie Waagen. Sie konnte jeden Gedanken wiegen, bevor er gesagt wurde."

Er blätterte weiter. Bei einem Foto hielt er inne. Eine Frau mit hochgestecktem Haar, die eine Katze auf dem Arm trug. Ihre Augen waren halb geschlossen.

"Das ist meine Schwester. Sie hieß Esther, aber alle nannten sie 'Etti'. Sie sprach wenig, aber sie schrieb Listen. Jeden Freitag. Auf Jiddisch, Hebräisch und Deutsch. Und nie dieselben Dinge. Sie schrieb, was man nicht sagen sollte. Nie, nicht einmal im Zorn. Ihre wichtigste Liste hieß: 'Sätze, die nicht jüdisch klingen'. Ich erinnere mich an einen: 'So ist es halt'. Den Satz durfte man nicht sagen. Er war eine Kapitulation."

Ich notierte ihn. So ist es halt. Ein Satz, der klingt wie Staub.

Mein Großvater stand auf und begann, etwas auf dem Herd zu wärmen. Der Duft war schwer zu erkennen, aber es roch nach Mehlschwitze und Dill. Vielleicht Kartoffelsuppe. Vielleicht Erinnerung.

"Es gab auch Regeln, die nicht ausgesprochen wurden", sagte er. "Zum Beispiel: 'Wenn du jemanden weinen siehst, biete ihm Wasser an. Kein Trost, kein Rat. Nur Wasser.' Oder: 'Man spricht im Dunkeln leiser, selbst wenn man allein ist.' Und eine, die ich immer brach: 'Was dich beschämt, gehört dir.'"

Er drehte sich um. "Ich schämte mich früher für unsere Art zu beten. Dieses Wiegen, das leise

Murmeln, der Gesang ohne Melodie. Ich fand es lächerlich. Aber ich lernte: Scham ist eine Form von Unwissen."

Ich schwieg. Ich hatte meine eigene Scham noch nicht ganz entdeckt. Aber ich ahnte sie.

"Manchmal", fuhr er fort, "ist eine jüdische Regel nur ein Blick. Oder ein Brot, das du nicht zu Ende isst, weil du nicht weißt, ob jemand noch kommt."

Wir aßen schweigend die Suppe. Sie war dick, warm, voll von etwas, das nicht benennbar war. Nach dem Essen legte er seine Hand auf meinen Unterarm.

"Ignaz. Du musst diese Dinge nicht weiterführen. Aber du musst wissen, dass es sie gab. Das ist alles."

Ich nickte. Und zum ersten Mal dachte ich, dass vielleicht auch ich Regeln aufstellen dürfte. Nicht jetzt. Aber irgendwann.

"Du erinnerst dich an die drei Regeln von gestern?"

"Ja."

"Dann sage sie."

Ich schloss die Augen.

"Man stirbt nicht beim ersten Abschied. Man antwortet nicht sofort. Man hört beim Abwasch zu."

Er lächelte. "Gut. Dann wirst du auch die nächsten verstehen. Morgen erzähle ich dir, was ich über Deutschland denke. Und was du vielleicht darüber denken wirst."

Ich spürte einen leichten Druck in der Brust. Nicht Angst. Erwartung.

"Gibt es dafür auch Regeln?"

"Nein", sagte er. "Nur Geschichten."

Er räumte den Tisch ab, langsam, als sei jeder Gegenstand eine Erinnerung, die vorsichtig ins Regal zurückgelegt werden musste. Ich folgte ihm schweigend in den Flur, wo ein kleines Wandregal mit hebräischen Büchern stand. Ihre Titel konnte ich nicht lesen.

"Hier", sagte er, "steht alles, was ich nie gelesen habe."

Ich sah ihn erstaunt an.

"Du hast sie nie gelesen?"

"Nein. Sie gehörten meinem Vater. Er las sie manchmal laut, ohne dass jemand zuhörte. Das war sein Gebet. Ich bewahre sie nur auf. Bücher brauchen keine Leser, sie brauchen Ruhe."

Er ging zurück ins Wohnzimmer und setzte sich auf einen alten Lehnstuhl. Ein leichtes Knarren begrüßte ihn.

"Weißt du, Ignaz, in meiner Kindheit war das Wichtigste die Wiederholung. Dinge, die sich wiederholen, sind ein Trost. Deshalb lieben wir Rituale. Deshalb feiern wir immer dieselben Feste, sagen dieselben Sprüche. Weil es bedeutet, dass etwas bleibt."

Ich setzte mich zu ihm. Der Regen hatte wieder begonnen. Diesmal klang er gleichmäßiger, wie ein ruhiger Herzschlag.

"Ich erinnere mich an eine Nacht, da weinte ich vor dem Einschlafen, weil ich dachte, ich würde meine Eltern vergessen. Mein Vater kam, setzte sich ans Bett und sagte nichts. Er streichelte nur meine Hand und summte eine Melodie, die ich nie wieder gehört habe. Ich glaube, das war seine Regel: Sprich nur dann, wenn das Schweigen droht, zu kalt zu werden."

Wir saßen eine Weile schweigend. Ich versuchte mir die Melodie vorzustellen. Vielleicht war sie gar nicht so wichtig. Vielleicht war es nur das Summen selbst.

"Willst du etwas sagen, Ignaz?"

Ich schüttelte den Kopf.

"Dann denk. Und morgen bring mir ein Wort mit. Ein einziges. Irgendeines. Es wird das erste deiner Regeln sein."

Ich versprach es. Und ich wusste, ich würde es tun.

Kapitel 5

Am Morgen regnete es nicht mehr. Der Himmel war aufgerissen, als hätte jemand ein Tuch aus Asche mit einem Messer gespalten. Ich ging früher los als sonst. In meiner Jackentasche trug ich ein kleines Papier, auf dem ein einziges Wort stand: "Beginn". Ich hatte es aufgeschrieben, nachdem ich lange vor dem Fenster gesessen hatte, ohne zu wissen, warum gerade dieses Wort sich mir aufdrängte. Vielleicht, weil alles sich verändert hatte. Vielleicht, weil ich jetzt nicht mehr bloß zu Besuch kam, sondern Teil war.

Mein Großvater öffnete die Tür, noch bevor ich klingelte. Er trug eine Weste und war frisch rasiert. Es roch nach Kaffee und nach dem Geruch alter Schubladen.

"Du bist früh."

"Ich hatte ein Wort."

Er nickte. "Zeig."

Ich reichte ihm das Papier. Er faltete es nicht auf, sondern steckte es in die Brusttasche.

"Dann lass uns mit dem Ende anfangen."

Ich verstand nicht, aber ich sagte nichts. Wir gingen ins Wohnzimmer. Auf dem Tisch lagen Karten. Alte Landkarten, gefaltet, mit Notizen an den Rändern. Eine davon zeigte Deutschland. Nicht das heutige. Es war eine Karte von 1952. In dunklem Blau und Braun. Einige Orte waren mit kleinen Kreuzen markiert. Andere mit Zahlen. Er tippte auf einen Punkt nahe Köln.

"Hier hat mein Bruder geheiratet. Er trug einen schwarzen Anzug, den er in Haifa gekauft hatte. Niemand fragte, warum."

Dann tippte er auf Schwerin. "Hier bist du geboren."

Ich nickte.

"Was ist Deutschland für dich?", fragte er.

Ich dachte lange. Dann sagte ich: "Etwas, das ich nicht verstehe, aber dem ich trotzdem angehöre."

Er sah mich an. "Das ist mehr, als ich damals sagen konnte. Für mich war Deutschland zuerst ein Schatten. Ein Ort, über den gesprochen wurde, ohne ihn zu benennen. Dann war es eine

Sprache. Dann eine Reise. Und irgendwann war es nur noch ein Geräusch."

"Ein Geräusch?"

"Ja. Das Klingeln eines Fahrrads. Das Schlagen einer Autotür. Das Ticken einer Uhr in einer Amtsstube. Alles, was Ordnung macht."

Er ging zur Kommode, holte ein Buch hervor. Es war ein deutsches Lesebuch für Kinder. Auf der ersten Seite stand in alter Schrift: "Heimatkunde für die dritte Klasse". Er legte es vor mich.

"Lies."

Ich las: "Der Fluss fließt durch unser Land. Seine Ufer sind gesäumt von Weiden und Erlen. Hier wohnen wir. Hier ist unser Zuhause."

Ich sah ihn an. Er wartete.

"Es klingt nach Wahrheit", sagte ich. "Aber auch nach etwas, das man immer wieder sagt, um es zu glauben."

Er nickte. "Sehr gut. Deutschland ist nicht, was es ist. Es ist, was gesagt wird."

Wir sprachen lange. Über Orte, an denen er als junger Mann war. Über Straßennamen, die er sich nie merken wollte. Über Gesichter in Zügen, die nichts fragten. Und über jene, die fragten, aber nichts verstanden.

"Ich wurde einmal gefragt, ob ich mich als Deutscher fühle", sagte er. "Ich antwortete: Ich fühle mich als jemand, der dort lebt. Mehr ist es nicht. Aber weniger auch nicht."

Er stand auf, holte aus einem kleinen Regal eine Blechschachtel, öffnete sie mit Bedacht und nahm ein zerknittertes Dokument heraus. "Meldebescheinigung, 1961." Darauf stand sein Name, mit Schreibmaschine geschrieben. In der Ecke ein Stempel, halb verblasst. "Ich habe sie aufgehoben, weil es das erste war, das mir sagte, ich sei hier. Nicht willkommen. Nur hier."

Ich betrachtete das Papier. Es war dünn und gelblich, als hätte es selbst gelebt.

"Was hat dir gefehlt?", fragte ich leise.

Er lachte kurz. "Die Frage. Niemand fragte, was ich mitgebracht hatte. Nur, wie lange ich bleiben würde."

Er setzte sich wieder. Der Nachmittag war still geworden. Kein Auto draußen. Kein Schritt im Treppenhaus. Nur die Worte zwischen uns.

"Dein Vater war anders", sagte er. "Er hat sich nie gefragt, wo er lebt. Er lebte einfach. Er liebte Ordnung. Er sortierte seine Bücher nach Farben. Wenn ich ihn fragte, ob das nicht unpraktisch sei, sagte er: 'Nein, denn ich weiß, wie die Gedanken aussehen.'"

Ich musste lachen. "So war er."

"Ja. Und du? Wie denkst du über das, was dich umgibt?"

Ich schwieg. Dann sagte ich: "Ich beobachte es. Ich schreibe es auf. Aber manchmal frage ich mich, ob ich es je ganz verstehen werde."

"Vielleicht ist das genug", sagte mein Großvater. "Vielleicht ist Beobachtung schon Zugehörigkeit."

Er stand auf, zündete eine Kerze an, obwohl es noch hell war. Dann stellte er sie auf die Fensterbank.

"In unserer Familie bedeutete eine Kerze: Wir sind noch da. Auch wenn niemand fragt. Auch wenn niemand weiß, was es bedeutet."

Ich beobachtete die Flamme. Sie flackerte leicht, ohne zu zittern. Ich fragte: "Und wenn sie erlischt?"

Er antwortete nicht. Stattdessen nahm er eine leere Karte und reichte mir einen Stift.

"Mach deinen Punkt. Da, wo du denkst, dass du bist."

Ich zögerte. Dann setzte ich einen Punkt zwischen zwei Orte. Nicht ganz auf Schwerin. Nicht ganz auf Berlin. Und darunter schrieb ich: "Noch nicht."

Er nickte. "Gut. Lass ihn offen. Lass dich offen."

Dann stand er auf, ging zur Küche, und aus dem dunklen Flur hörte ich ihn leise sagen:

"Deutschland ist ein Zimmer, in dem man immer noch Platz macht."

Ich schrieb den Satz in mein Heft. Es war der letzte dieses Besuchs. Aber nicht das Ende.

Bevor ich ging, reichte er mir noch ein kleines Glas mit Schraubdeckel. Es war mit Erde gefüllt. "Aus unserem Garten. Ich habe sie aufgehoben. Du musst nichts damit tun. Aber sie wird mit dir gehen."

Ich nahm das Glas. Es war schwerer, als ich erwartet hatte.

Draußen war es kühl geworden. Ich ging langsam. Jede Straßenecke, jedes Fenster kam mir vertrauter vor. Als hätte das Gespräch mein Blickfeld verändert.

Am Pfaffenteich blieb ich stehen. Die Oberfläche war still, wie ein Spiegel. Ich setzte mich auf eine Bank und hielt das Glas mit Erde fest. Dann öffnete ich mein Notizbuch. Auf eine leere Seite schrieb ich mein erstes Wort.

"Bleiben."

Nicht als Regel. Nur als Versuch.

Auf dem Rückweg begegnete mir ein alter Mann mit einem Hund. Wir nickten uns zu, und für einen kurzen Moment hatte ich das Gefühl, erkannt worden zu sein. Nicht persönlich. Aber als Teil von etwas. Einem Ort. Einer Geschichte, die weitergeht.

Zuhause angekommen, stellte ich das Glas mit der Erde auf mein Regal. Daneben ein Zettel: "Von dort, wo du warst. Für das, was kommt."

Ich saß lange still. Und in mir wuchs etwas, das ich nicht benennen konnte. Vielleicht war es der Anfang von Wurzeln.

Später an diesem Abend schrieb ich erneut. Ich schrieb nicht, weil ich etwas mitteilen wollte. Ich schrieb, weil ich sehen wollte, was geschah, wenn die Gedanken nicht mehr in mir blieben. Ich begann mit Erinnerungen, die nicht meine waren. Der Geruch von verbranntem Kaffee. Das Ticken der Uhr im Esszimmer meiner Kindheit. Das Fenster, das immer klemmte.

Dann schrieb ich über Worte, die ich nie verstand. "Askenas", "Galut", "Tikkun". Begriffe, die mein Großvater gelegentlich murmelte, wenn er dachte, ich schlafe. Ich fragte ihn nie, was sie bedeuteten. Vielleicht aus Respekt. Vielleicht aus Angst, zu hören, dass ich sie nicht verstehen müsste.

Ich schrieb auch über eine Frau, die ich oft am Bahnhof sah. Immer mit zwei Taschen, als würde sie nie irgendwo ganz ankommen. Ich nannte sie "Frau Vielleicht". Sie passte nicht in die Welt, aber sie war in ihr. Vielleicht war das das tiefste, was ich über Deutschland sagen konnte: Dass es Menschen wie sie zuließ, aber nie ganz annahm.

Als ich das Licht löschte, war ich müde. Aber nicht erschöpft. Ich wusste, dass ich am nächsten Morgen wieder zu meinem Großvater gehen würde. Und dass er diesmal nicht warten würde, bis ich klingelte. Denn manchmal, wenn etwas beginnt, ist es das Herz, das die Tür öffnet.

Noch später in der Nacht griff ich wieder nach dem Notizbuch. Ich zeichnete eine Linie. Sie begann bei Haifa, führte über Thessaloniki, Wien, Prag, Berlin, Schwerin – und sie endete nicht. An ihr entlang schrieb ich Namen. Namen von Toten, Namen von Lebenden. Namen, die niemand mehr kannte. Es war nicht ordentlich. Es war kein Stammbaum. Es war eher ein Wurzelgeflecht. Und irgendwo in der Mitte, klein, stand: Ignaz.

Ich schlug das Buch zu. Und wusste, dass es nicht endet. Noch lange nicht.

Kapitel 6

Am nächsten Morgen war die Luft klar und fast
kalt. Ich stand eine Weile am Fenster, bevor ich
mich ankleidete. Der Garten war von einem
leichten Nebelschleier bedeckt, als hätte jemand
den Tag vorsichtig eingepackt. Ich nahm das
Glas mit der Erde vom Regal, nur um es in der
Hand zu halten. Noch war nichts begonnen, und
doch spürte ich das Gewicht der Fortsetzung.

Großvater saß diesmal schon im Sessel, als ich
kam. Die Türe war angelehnt. Ich trat ein, ohne zu
klopfen. Er sagte nichts. Ich setzte mich ihm
gegenüber. In seiner Hand lag ein kleiner grauer
Stein, glatt geschliffen.

"Er ist nicht von hier," sagte er schließlich. "Nicht
einmal von diesem Planeten."

Ich sah ihn an. "Du meinst, du glaubst..."

"Ich glaube nichts. Ich erinnere mich."

Er legte den Stein auf die Fensterbank. Das Licht
tastete über seine Fläche.

"Mein Vater war anders. Still, fast zu still. Er sprach
selten, aber wenn, dann von Sternen. Von Linien
im Himmel. Von Besuchern, die nur Kinder sehen
konnten. Ich dachte lange, er sei verrückt. Dann
begann ich selbst zu träumen. Und in diesen
Träumen war ich nicht allein."

Ich schwieg.

"Wir hatten einen Olivenbaum im Garten, der nie trug. Mein Vater sagte: 'Er trägt nicht, weil er schon weiß, was kommt.' Ich verstand das nicht. Bis ich fünfzehn war. Eines Abends saß ich unter dem Baum. Und dann... war da Licht. Kein Geräusch. Nur Helligkeit. Und ich wusste: Es war nicht von hier."

Ich versuchte nicht zu urteilen. Ich hörte.

"Sie haben mich nicht geholt. Aber sie haben mir etwas gegeben. Ein Blick. Ein Gedanke. Ich weiß es nicht. Aber danach war ich nicht mehr derselbe. Und auch mein Vater sprach nie wieder davon."

Er stand auf, trat ans Fenster.

"Sie kommen nicht, weil sie neugierig sind. Sie kommen, weil sie sich erinnern. Wir vergessen, sie nicht. Vielleicht tragen wir etwas in uns, das älter ist als Geschichte."

Der Tag schritt voran. Wir sprachen von Unerklärlichem. Von Lichtern über dem Toten Meer. Von einem Brief, den er nie abgeschickt hatte. An ein Institut in Tel Aviv. Alles war vage. Und doch fest.

Er zeigte mir einen Zettel. Darauf stand in verblasster Tinte: "Auch wenn du nicht glaubst, bewahre den Zweifel. Er ist dein Erbe."

Als ich nach Hause ging, sah ich zum Himmel.
Keine Lichter. Kein Zeichen. Nur Weite.

Aber ich hielt den Gedanken fest. Und den Stein.
Großvater hatte ihn mir mitgegeben. Er fühlte sich
nicht fremd an. Nur alt. Und vielleicht war das
genug.

Zuhause schrieb ich einen Satz auf: "Es gibt Dinge,
die sind nicht zu beweisen. Nur zu erinnern."

Dann schlief ich ein. Und träumte von einem
Baum, der endlich trug.

Am folgenden Nachmittag saß Großvater schon
mit zwei Tassen Tee auf dem Tisch. Er hatte einen
anderen Ausdruck, etwas Spielerisches lag um
seine Lippen. Ich setzte mich, und bevor ich
etwas fragen konnte, sagte er: „Heute reden wir
über Ordnung."

„Ordnung?", fragte ich.

„Jüdische Ordnung. Nicht so, wie die Deutschen
sie verstehen. Nicht sauber und gerade, sondern
zusammenhängend. Sinnhaft. Gott als Mitte,
nicht als Polizei."

Ich sah ihn an. Er fuhr fort: „Wir hatten einen
Sabbat-Schrank, als ich klein war. Darin war nur,
was man für den Freitagabend brauchte: Kerzen,
ein Deckchen, eine kleine Schachtel mit Salz. Es
war kein besonderer Schrank. Aber wehe, du

hast dort etwas abgelegt, das nicht dorthin gehörte. Es war fast wie ein kleiner Tempel."

„Und was passierte, wenn man doch?"

„Dann wurde man zurechtgewiesen. Nicht böse. Aber ernst. Weil das Heilige Raum braucht. Und weil Ordnung etwas mit Erinnerung zu tun hat."

Er stand auf und ging in den Flur, kam mit einer kleinen Schale zurück. „Dies ist mein heutiger Sabbat-Schrank", sagte er. In der Schale lagen drei getrocknete Datteln, ein Streifen Stoff und ein Kieselstein.

Ich blickte ihn fragend an.

„Die Datteln erinnern mich an Jericho. Der Stoff stammt von der Kippa meines Vaters. Und der Stein... der Stein ist aus Jerusalem. Ich war dort, kurz nach dem Sechstagekrieg. Ich nahm ihn aus einer Mauer, die keine Namen mehr trug. Nur Narben."

Er schob mir die Schale zu. „Nimm sie in die Hand. Und sag mir, ob du etwas spürst."

Ich hob sie vorsichtig auf. Die Dinge waren still, aber sie waren nicht leblos. Sie fühlten sich wie Reste einer Geschichte an, die niemand mehr ganz erzählen konnte. Nur andeuten.

„Und du?", fragte ich.

„Ich habe keine Regeln für dich. Nur Andeutungen. Aber ich weiß, was Ordnung für mich bedeutet: einen Ort zu haben, an dem alles seinen Grund hat. Auch das Unverständliche."

Wir schwiegen eine Weile. Dann sagte er leise: „Du musst deine eigene Ordnung finden. Und sie wird anders sein. Aber wenn du je zweifelst, beginne bei den kleinen Dingen. Ein sauberer Tisch. Eine brennende Kerze. Eine aufgeschriebene Frage."

Ich schrieb den Satz auf: „Die kleinste Ordnung ist die, die hält, wenn alles fällt."

Am Abend ging ich zurück. Ich setzte mich an meinen eigenen Tisch. Legte das Glas mit Erde daneben. Und daneben den Stein. Und schrieb: „Hier beginnt vielleicht etwas."

In den Tagen darauf kam ich jeden Nachmittag, fast wie unter Zwang. Nicht weil es Großvater verlangte, sondern weil in mir etwas ruhiger wurde, wenn ich dort saß. Er sprach seltener, aber wenn, dann waren es Worte, die nachhallten.

Eines Tages zeigte er mir ein altes Notizbuch. Auf dem Einband war ein Aufkleber: "HaMishpacha" – Familie. Die Seiten waren beschrieben mit Namen, Daten, kleinen Zeichnungen. Manches war unleserlich, anderes seltsam deutlich. Auf einer Seite stand: "Alles, was du erinnerst, ist Teil von dir. Alles andere ist Geschichte."

Ich fragte: "Ist das dein Buch?"

Er schüttelte den Kopf. "Das war mein Großvater. Er führte es wie ein stiller Chronist. Ich habe es übernommen, nie verändert. Nur gelesen. Du wirst es weitertragen. Oder nicht. Beides ist Ordnung."

Ich blätterte. Es war keine Chronologie. Eher ein Gewächs. Ein Stamm, der sich in Seiten verlor. Ich entdeckte einen Namen: Rachel. Und daneben ein Fragezeichen.

"Wer war das?"

"Meine Schwester. Vielleicht. Oder ein Mädchen, das er liebte. Manche Namen bleiben unscharf. Auch das gehört zur Ordnung."

Als ich nach Hause ging, war das Buch in meiner Tasche. Ich hatte es nicht genommen. Er hatte es hineingesteckt.

Ich las darin in jener Nacht. Und fand zwischen zwei Seiten einen Zettel. Darauf stand in alter Schrift: "Wenn du je zweifelst, lies leise deinen Namen."

Ich las: Ignaz.

Und es war, als hätte ich mich selbst zum ersten Mal gehört.

Bevor ich das Licht löschte, legte ich das Buch vorsichtig unter mein Kopfkissen. Ich wollte träumen – nicht von den Lichtern, nicht von den Steinen oder fremden Planeten, sondern von Ordnung. Einer Ordnung, die nicht beginnt mit Gesetzen, sondern mit einem Satz. Einem Namen. Einem warmen Tee zwischen zwei Menschen, die sich vorsichtig wieder annähern.

Am nächsten Tag trug ich das Buch in meine Schule. Ich las darin in der Pause, zwischen den lauten Stimmen und schnellen Bewegungen der anderen. Eine Lehrerin fragte mich, ob das ein Tagebuch sei. Ich schüttelte den Kopf. "Es ist eine Wurzel," sagte ich. Und sie lächelte, als hätte sie verstanden.

Später erzählte ich Großvater davon. Er nickte nur und sagte: "Eine Wurzel weiß nicht, was sie hält. Aber sie hält."

Ich schrieb diesen Satz an den Rand der Seite mit Rachels Namen. Daneben ein weiteres Fragezeichen. Vielleicht war auch das Ordnung: Zu wissen, dass nicht alles gewusst werden muss.

Und in dieser Unvollständigkeit wuchs in mir ein Gefühl, das nicht Ordnung hieß, aber nahe daran war. Vielleicht Erinnerung. Vielleicht Herkunft. Vielleicht einfach: Ich.

Kapitel 7

„Superhelden sind eine Form der Hoffnung, verpackt in Muskeln und Masken," sagte Großvater trocken, als ich ihn an diesem regnerischen Nachmittag auf das Thema ansprach. Ich hatte aus einem Reflex heraus gefragt, ob er je an Superhelden geglaubt habe. Wir saßen wieder am Tisch, der Tee war dampfend, und der Regen trommelte rhythmisch gegen die Fensterscheibe wie ein nervöser Taktgeber.

„Als Kind ja. Natürlich. Ich hatte ein Heft, das mein Onkel mir aus Amerika mitbrachte. Es zeigte einen Mann mit Umhang, der durch Mauern sprang. Ich malte ihn nach. Immer wieder. Aber weißt du, was mich wirklich beschäftigte? Nicht seine Kräfte. Sondern: Wohin ging er, wenn er traurig war?"

Ich blickte ihn an. „Vielleicht auf ein Dach. Vielleicht in eine Höhle."

Großvater schüttelte den Kopf. „Nein. Die wahre Frage ist nicht, wo er war. Sondern ob er es sich erlauben durfte, traurig zu sein. Denn wer rettet den Retter?"

Er nahm einen Schluck Tee, dann fuhr er fort. „Wir hatten in unserer Familie auch solche Figuren. Nur ohne Anzug. Mein Onkel Schlomo zum Beispiel. Nach außen hin ein einfacher Schneider. Aber im Krieg brachte er gefälschte Pässe zu Leuten, die verfolgt wurden. Verkleidet, mit Bärten aus Schafswolle, manchmal mit einem Kind auf dem Arm, das nicht sein eigenes war. Wenn du mich fragst: ein Superheld."

Ich dachte einen Moment nach. „Aber keiner kennt seinen Namen."

„Doch, wir. Und das reicht. Superhelden müssen nicht berühmt sein. Sie müssen handeln, wenn es keiner tut."

Er stand auf und ging zu einem kleinen Schrank, holte ein altes Foto hervor. Darauf war ein Mann mit tiefem Blick und einem Lächeln, das fast abwesend wirkte. „Schlomo. Im Jahr '46. Noch vor der Ausreise."

Ich betrachtete das Bild. „Was wurde aus ihm?"

„Er ging nach Palästina. Dann weiter nach Argentinien. Er schrieb Briefe, aber nie mit seinem Namen. Nur mit dem Wort 'Schild'. Und in jedem Brief war eine Geschichte. Eine über jemanden, der anderen half – im Verborgenen."

Wir schwiegen eine Weile. Dann fragte ich: „Glaubst du, es gibt heute noch Superhelden?"

Großvater lächelte. „Jeden Tag. Nur haben sie keine Titelmelodie. Sie kümmern sich um ihre Nachbarn. Halten eine Hand im Krankenhaus. Lesen einsamen Alten vor. Oder stehen einfach auf, wenn andere wegsehen. Der Unterschied: Sie fliegen nicht. Sie gehen."

Ich schrieb mir diesen Satz auf: „Der moderne Held hat müde Füße."

Als ich aufstand, um zu gehen, sagte er: „Nimm dies." Und reichte mir ein kleines Stück Stoff. Es war blau, abgenutzt, offenbar Teil eines alten Kleidungsstücks.

„Was ist das?"

„Ein Rest von Schlomos Mantel. Er trug ihn, als er ein Mädchen aus einem Keller trug. Ich weiß das, weil er es mir erzählte. Nur einmal. Danach nie wieder."

Ich legte das Stoffstück in mein Notizbuch. Und als ich den Flur hinunterging, dachte ich: Vielleicht haben Superhelden keine Umhänge. Aber Spuren. Und manchmal passen diese in eine Hand.

Am nächsten Tag fragte ich Großvater, ob er je daran gedacht habe, selbst ein Held zu sein. Er lachte trocken. „Was soll das sein? Ein Held? Einer, der keine Angst hat? Dann bin ich keiner. Ich hatte oft Angst. Besonders vor der Verantwortung. Und vor den Fragen, die Kinder stellen."

Ich nickte. „Und? Was hast du dann gemacht?"

„Ich bin sitzen geblieben. Und habe geantwortet.
So gut ich konnte. Weißt du, was ein Held
manchmal braucht? Ein Stuhl. Und Geduld."

Er blickte aus dem Fenster. Die Sonne war
inzwischen herausgekommen. Auf dem
Fenstersims stand der kleine graue Stein wieder.
Ich fragte nicht, warum.

„Einmal, kurz nach dem Krieg, kam ein Junge zu
mir. Er war vielleicht acht. Er sagte: ‚Mein Papa ist
verschwunden. Ich will ihn suchen.' Und ich
sagte: ‚Dann brauchst du ein Cape.' Wir haben
gemeinsam eines gebastelt. Aus einem alten
Vorhang. Er ging damit durch die Straßen, fragte
Leute, schaute unter Brücken. Er fand ihn nicht.
Aber er kam zurück und sagte: ‚Ich bin trotzdem
ein Held.' Und ich habe ihm geglaubt."

Ich war still.

„Verstehst du?" fragte er. „Ein Held ist nicht der,
der gewinnt. Sondern der, der geht."

Ich schrieb das auf: „Der, der geht."

Er zeigte mir ein Buch. Darin waren eingeklebte
Zeitungsausschnitte. Kleine Meldungen. „Mann
rettet Nachbarn aus brennendem Haus." –
„Junge bringt Medikamente durch Schnee." –
„Frau pflegt Fremden im Zug."

„Ich sammle solche Meldungen. Weil man sie vergisst. Aber das ist mein Cape. Papierfarben. Aber stärker als Stoff."

Ich nahm mir vor, auch zu sammeln. Irgendetwas. Vielleicht nicht Zeitungsartikel. Vielleicht Sätze. Vielleicht Augenblicke. Vielleicht Menschen.

Als ich an diesem Tag ging, fragte ich ihn: „Und wenn niemand hinsieht?"

Er sagte: „Dann war es ein echter Held. Denn der, der beobachtet werden will, spielt nur."

Ich trat auf die Straße. Der Regen hatte aufgehört. Ein Hund bellte in der Ferne. Und ich wusste, dass ich nie ein Cape brauchen würde, um ein Mensch zu sein, der nicht wegsieht.

Kapitel 8

Großvater hatte an diesem Tag seine Mütze verkehrt herum auf dem Kopf, als hätte er sie im Halbschlaf aufgesetzt. Ich fand ihn am Fenster, wo er wie ein Wächter stand, der nichts bewachte. Die grauen Scheiben spiegelten nur das Innenleben seiner kleinen Wohnung wider: Bücher aufgestapelt wie lose Erinnerungen, ein Teller mit Brotkrumen, der langsam antrocknete, und eine Flasche mit halb getrunkenem Tee.

„Ignaz", sagte er, ohne sich umzudrehen, „weißt du, was das Schlimmste ist?"

Ich antwortete nicht. Er ließ die Pause wirken.

„Wenn deine eigenen Kinder denken, du wärst ein Gespenst der Geschichte."

Ich setzte mich, ohne Mantel, ohne Begrüßung. Der Stuhl knarrte, als ob er widersprechen wollte.

„Warum glauben sie das?"

„Weil ich immer in der Vergangenheit rede", sagte Großvater. „Weil ich mich an Dinge erinnere, die niemand sehen will. Weil ich Sabbat sage, wenn sie Wochenende meinen."

Er drehte sich um. Seine Augen waren klarer als sonst. „Aber heute will ich nicht klagen. Heute will ich erzählen."

Ich schlug mein Notizbuch auf. Er sah es und grinste. „Du bist wie ein junger Prophet mit Stift. Hör zu. Die Geschichte beginnt mit einem Mann namens Baruch."

Er setzte sich langsam. „Baruch war mein Großvater. Dein Ururgroßvater. Er lebte in einem Schtetl, das heute auf keiner Karte mehr zu finden ist. Die Häuser dort hatten keine Nummern, nur Namen. Sein Haus hieß Das Leise."

Ich schrieb: *Haus: Das Leise.*

„Baruch war ein Mann mit einem Bart, der nie vollständig weiß wurde. Vielleicht, weil er nie alt sein wollte. Er stellte Stühle her, kleine Stühle für Kinder, mit Namen eingeschnitzt in die Rückenlehne. Aber seine größte Gabe war: Er konnte zuhören, ohne Fragen zu stellen."

Großvater schwieg einen Moment.

„Die Leute kamen zu ihm. Mit Kummer, mit Schuld, mit gestohlenen Küssen. Und er sagte immer nur: 'Setz dich.' Und dann lauschte er. Manche nannten ihn einen Weisen, andere einen Dummkopf. Aber jeder ging erleichtert."

Ich fragte: „Warum erzählt man das weiter?"

„Weil Zuhören das Einzige ist, was bleibt, wenn man nichts mehr tun kann."

Ich schrieb das auf, langsam, damit es sitzen blieb.

„Baruch hatte einen Sohn – Mendel. Mein Vater. Er war das Gegenteil. Laut. Theatralisch. Er spielte Geige wie andere Männer Flaschen werfen. Leidenschaftlich. Zerstörerisch. Er war ein Wanderer, ein Sprenger von Regeln. Und trotzdem blieb er immer bei meiner Mutter. Vielleicht, weil sie ihn nicht bewunderte."

Ich grinste.

„Eines Tages kam er zurück von einem Auftritt in Lemberg, setzte sich an den Küchentisch und sagte: 'Ich habe das Böse gesehen.' Niemand fragte was er meinte. Er selbst sagte nie mehr ein Wort darüber. Nur dass er die Geige danach nicht mehr anfasste."

Großvater atmete tief ein.

„Ich war zehn. Und plötzlich wurde das Haus still. Die Geige blieb stumm. Und so entstand der Lärm in meinem Kopf. Ich fing an zu schreiben. Gedichte über Staub. Briefe an niemanden. Träume über eine Stadt aus Sand."

Er sah mich lange an. „Und dann kam der Krieg." Ich blätterte eine neue Seite auf.

„Ich erzähle dir nicht die Geschichte der Flucht. Die kennst du. Ich will dir von der ersten Nacht erzählen, die ich allein im Keller eines verlassenen Hauses verbrachte. Ich war 14. Es roch nach Öl und Ratten. Und ich schwor mir, nie zu vergessen, wie Angst schmeckt."

Er nahm einen Schluck Wasser.

„Ignaz. Es gibt kein größeres Gift als das Vergessen. Kein edleres Werk als das Erinnern. Und kein einsameres Leben als das eines Juden, der nicht vergessen darf."

Er hielt inne. Dann: „Warum schreibst du?" Ich war überrascht von der Frage. „Weil ich verstehen will."

„Nein", sagte er. „Du schreibst, weil du trägst. Und wer trägt, verändert. Auch wenn er nicht will."

Er stand auf. Ging zum Regal. Holte ein kleines, vergilbtes Blatt. Reichte es mir. Darauf stand nur ein Satz: *Mein Vater liebte seine Feinde mehr als seine Brüder.*

Ich las ihn dreimal. Dann fragte ich: „Was bedeutet das?"

„Dass Liebe eine Entscheidung ist. Und Familie kein Schutzschild."

Ich schloss das Notizbuch. Großvater trat ans Fenster. Der Regen hatte eingesetzt. Langsam, sanft. Wie ein Segen, der sich nicht aufdrängt. Und dann sagte er: „Schreib das alles, Ignaz. Aber mach daraus kein Denkmal. Mach ein Fenster daraus. Damit andere hindurchsehen können."

Kapitel 9

Es war ein Sonntagmorgen, die Art von Morgen,
die nicht hell ist, aber auch nicht wirklich dunkel –
als hätte der Tag selbst noch keine Entscheidung
getroffen. Ich ging die Treppe zu Großvaters
Wohnung hoch, langsam, als müsste ich jede
Stufe daran erinnern, dass sie unter meinen Füßen
nicht zerbrechen sollte. Der Putz an den Wänden
blätterte, der Handlauf wackelte wie eine alte
Geste, und irgendwo roch es nach Öl und
Pfefferminz.

Ich hatte an diesem Morgen keine Fragen im
Kopf, keine bestimmte Absicht. Nur die Ahnung,
dass er heute sprechen würde, wie er es
manchmal tat, wenn seine Gedanken von selbst
zu wachsen begannen, wie Moos zwischen
Steinen.

Er öffnete die Tür, noch bevor ich geklopft hatte.
„Komm", sagte er nur. Und ich trat ein.

Der Raum war still, als würde er auf etwas warten.
Auf dem Tisch lagen vier Orangen, ein kleines
Notizbuch mit Ledereinband und ein Glas, in dem
die letzte Hälfte eines Schwarztees schwankte.
Großvater saß nicht, wie gewöhnlich, im Sessel
am Fenster, sondern auf einem Kissen auf dem
Boden, die Beine im Schneidersitz, den Rücken
erstaunlich gerade für sein Alter.

„Heute sprechen wir über Orte", sagte er.

Ich setzte mich ihm gegenüber. „Was für Orte?"

„Alle. Innenorte, Außenorte. Verlorene Orte. Orte, die nicht wissen, dass sie vermisst werden."

Ich nahm mein Notizbuch hervor. Er hob die Hand. „Schreib nicht gleich. Hör erst."

Ich legte den Stift weg.

„Als ich zwölf war", begann er, „dachte ich, Jerusalem sei kein Ort, sondern ein Zustand. Mein Vater sprach immer von Jerusalem. Aber nie als Stadt. Sondern als Versprechen. Er sagte: ‚Wir leben zwischen zwei Mauern – der, die uns schützt, und der, die wir selber bauen. Jerusalem liegt dazwischen.' Ich verstand das nicht. Und dann stand ich eines Tages wirklich dort – zwischen zwei alten Steinmauern im Jemenitischen Viertel. Und ich wusste plötzlich: Das ist es. Der Ort, der kein Ort ist."

Er schwieg kurz, dann lachte leise. „Später habe ich viele Städte gesehen. Lemberg, Istanbul, Haifa, sogar Köln. Aber in keiner war ich so sehr ich selbst wie in dem engen Korridor meiner Kindheit, zwischen Küche und Fenster, während meine Mutter Hühnersuppe kochte und mein Vater die Zeitung faltete, als sei sie ein zerbrechliches Gebet."

Ich nickte. „Weißt du, woran ich mich am stärksten erinnere?", fragte ich.

Er sah mich an.

„An deinen Geruch", sagte ich. „Nach Tabak und Minze. Immer leicht verstaubt. Als sei die Zeit selbst bei dir wohnen geblieben."

Er lächelte, ein warmes, beinahe erschreckend weiches Lächeln. „Gerüche sind die tiefsten Orte, Ignaz. Man kann sie nicht sehen, nicht festhalten. Aber sie bauen Wohnungen in uns. Ich trage noch immer den Geruch meiner Großmutter in mir – Bohnen, Wachs und altes Papier. Sie sagte mir einmal: ‚Wenn du mich nicht mehr siehst, riech mich. Ich bin in der Küche geblieben.'"

Ich schrieb das heimlich auf.

„Und heute?", fragte ich. „Hast du noch Orte in dir, die du nicht verlieren willst?"

Er antwortete sofort. „Der Balkon in Jerusalem, auf dem mein Bruder starb. Der Kofferraum eines Wagens, in dem ich meinen ersten Kuss bekam. Der Waschsalon in Marseille, wo ich mit einer Fremden ein Gespräch über Bienen führte. Und dein Kinderzimmer, als du mit zwei Jahren das erste Mal ein Kissen als Freund bezeichnet hast."

Ich war still.

Er fuhr fort. „Weißt du, Orte sterben nicht, wenn man sie verlässt. Sie sterben, wenn man sie nicht mehr denkt. Deshalb erinnere ich mich an jeden

Flur, an jede Stufe, an jedes missratene Bild an der Wand. Auch an die, die hässlich waren."

„Was war der schlimmste Ort, den du je betreten hast?", fragte ich leise.

Er zögerte.

„Ein Krankenhausflur in Tel Aviv. Ich musste einen alten Freund besuchen. Als ich sein Zimmer betrat, roch es nach Metall und Bitterkeit. Ich blieb nur kurz. Und als ich ging, wusste ich: Es war nicht der Geruch, der mich verstörte. Sondern das Schweigen der Wände."

Ich schrieb: Schweigende Wände können schreien.

„Und der schönste Ort?", fragte ich nach einer Weile.

Er schloss die Augen. „Ein kleiner Innenhof in Jaffa. Mit einer Katze auf dem Fenstersims. Ich saß dort, trank Kaffee, las kein Buch, sprach mit niemandem. Ich war einfach. Und das genügte."

Ich sagte nichts. Manchmal war es besser, das Echo eines Satzes nicht zu überlagern. Großvater öffnete langsam eine der Orangen auf dem Tisch. Die Schale platzte leise, als hätte sie nur auf diesen Moment gewartet. Er bot mir eine Hälfte an. Ich nahm sie, roch daran und biss vorsichtig hinein.

„Früher", sagte er mit vollem Mund, „dachte ich, Erinnerungen wären Orte, die man wieder besuchen kann. Aber das stimmt nicht. Sie sind eher wie alte Straßenpläne – du kannst sie betrachten, aber nie mehr wirklich auf ihnen gehen."

Ich legte meine Orange beiseite. „Manchmal wünsche ich mir, ich könnte Orte festhalten. So wie man einen Schmetterling zwischen zwei Seiten legt."

„Dann stirbt er", sagte Großvater sofort. „Ein Ort lebt nur, wenn du ihn gehen lässt."

Ich spürte einen Knoten in meinem Hals. Vielleicht war es das Wissen, dass alles, was ich mit ihm sprach, irgendwann zu einer Erinnerung werden würde, zu einem dieser Orte, die ich nur noch im Kopf betreten konnte.

„Hast du jemals gedacht, irgendwo anzukommen?", fragte ich.

Er schüttelte den Kopf. „Nein. Jüdisches Denken kennt das Ankommen nicht. Nur das Wandern. Abraham, Moses, Ruth – alle gingen. Das Ziel ist kein Ort. Es ist ein Zustand. Manche nennen es Schalom. Ich nenne es: einen Moment ohne Flucht."

Ich schrieb diesen Satz besonders groß.

Dann fragte ich: „Und was ist mit Deutschland? Ist das für dich ein Ort? Oder nur ein Aufenthalt?"

Er antwortete nicht gleich. Dann sagte er: „Deutschland ist für mich wie ein alter Verwandter, mit dem man gestritten hat. Man besucht ihn. Man sitzt mit ihm am Tisch. Aber man weiß, dass da etwas zwischen einem liegt. Etwas Ungesagtes. Und man hofft, dass das Schweigen irgendwann weich wird."

Ich fragte nicht weiter. Stattdessen beobachtete ich, wie er die Orangenschalen in den Stoffbeutel zu den Apfelresten legte.

„Weißt du, was mich an Orten wirklich interessiert?", sagte er plötzlich.

„Was?"

„Die Geräusche. Jeder Ort hat ein anderes Grundrauschen. Bei manchen ist es warm, bei anderen kalt. Manche Orte flüstern, andere klopfen. Und ganz wenige… ganz wenige singen."

Ich dachte an mein Kinderzimmer, an das leise Brummen der Heizung und das ferne Ticken der Standuhr im Wohnzimmer. Es war kein Lied – aber vielleicht ein Wiegenlied.

„Und dieser Ort hier?", fragte ich. „Was ist das für ein Geräusch?"

Er lächelte und legte den Kopf schräg. Dann sagte er: „Dein Bleistift, wenn du schreibst. Das ist das Geräusch dieses Ortes."

Ich war gerührt.

Dann wurde er ernst. „Ignaz, ich muss dir etwas zeigen."

Er stand auf, ging zu einem Schrank, öffnete eine kleine Lade. Daraus zog er eine flache Holzkiste, umwickelt mit einem verblassten Band. Er legte sie vorsichtig vor mich hin.

„Mach auf."

Ich tat es. Innen lag ein zusammengerolltes Stück Pergament, gebunden mit einem Seidenfaden. Ich entrollte es. Darauf war mit dunkler Tinte ein Stadtplan gezeichnet – keine Stadt, die ich kannte. Es war eher ein Netz aus Gassen, Treppen, Innenhöfen, Mauern und Brunnen. Einige Straßen waren mit Namen versehen: „Mutterblick", „Weg der Fragen", „Vaters Rand", „Zimmer ohne Tür".

„Was ist das?", fragte ich.

„Meine innere Stadt", sagte Großvater. „Ich habe sie gezeichnet, als ich fünfzig wurde. Jeder Ort steht für einen Gedanken, ein Gefühl, ein Versäumnis. Manche Orte sind hell, andere dunkel. Ich bin sie oft gegangen. Immer in

Gedanken. Immer, wenn ich nicht wusste, wo ich war."

Ich betrachtete den Plan.

„Darf ich…?"

„Ja", sagte er. „Mach eine Kopie. Zeichne deine eigene Stadt. Du wirst überrascht sein, wie groß oder klein sie ist."

Ich nickte. Ich hatte plötzlich das Gefühl, dass ich meine eigene Topografie nie wirklich gekannt hatte. Dass ich mich selbst auf eine Karte setzen musste, um zu verstehen, wo ich stehe.

„Und wenn man sich verläuft?", fragte ich.

Er legte seine Hand auf meine Schulter. „Dann such nach einem Geräusch. Oder einem Geruch. Oder einer Frage. Orte helfen dir nicht mit Antworten. Nur mit Rückwegen."

Ich schloss die Kiste wieder. Der Moment war leise und groß.

Als ich mich später verabschiedete, stand Großvater an der Tür, wie immer. Doch diesmal sagte er: „Ignaz. Wenn du schreibst, vergiss die Orte nicht. Jeder Absatz ist ein Raum. Jede Metapher ein Fenster. Und manchmal ist ein Komma ein Atemzug."

Ich versprach es.

Und als ich draußen war, hörte ich es – das
Geräusch des Ortes: Mein Bleistift in der Tasche.
Bereit, die Welt zu betreten.

Kapitel 10

Es war einer dieser Tage, an denen alles ein
bisschen zu still war. Die Straßen leer, die Sonne zu
gleichmäßig, die Luft zu unbewegt. Ich ging wie
immer die Treppe zu Großvaters Wohnung hinauf
und zählte die Stufen – ein Ritual, das ich nicht
loswurde. Achtundvierzig, neunundvierzig, fünfzig.
Auf der einundfünfzigsten blieb ich stehen, denn
ich hörte es: ein seltsames metallisches Räuspern
hinter der Tür.

Ich klopfte. Keine Antwort.

Ich klopfte noch einmal, vorsichtiger. Dann
öffnete ich die Tür selbst.

Großvater saß auf dem Sofa, den Rücken zu mir
gewandt. Seine Schultern zitterten leicht, als
hätte er gerade einen Hustenanfall gehabt. Ich
schloss die Tür leise und stellte meine Tasche ab.

„Alles in Ordnung?", fragte ich.

Er drehte sich nicht um. Nur ein leises „Ja" kam
zurück. Aber es klang… anders. Die Stimme war

kratziger als sonst, tiefer – wie durch ein Rohr gesprochen. Ich trat näher.

„Großvater?"

Dann sah ich ihn. Für einen Bruchteil einer Sekunde war sein Gesicht – nicht sein Gesicht. Es war kantiger, silbrig, mit Linien, die zu leuchten schienen. Die Augen – keine Augen, sondern Linsen. Dann: ein Zucken, ein Flackern, ein Aufblitzen, und alles war wieder wie immer.

Ich starrte ihn an.

„Was war das?", fragte ich.

„Was meinst du?", sagte er, diesmal wieder mit seiner normalen Stimme. „Ich hab mich nur verschluckt."

Ich setzte mich langsam. „Nein. Ich hab's gesehen. Dein... Gesicht hat sich verändert. Du warst – für einen Moment – nicht du."

Er winkte ab. „Ignaz, du liest zu viele Bücher. Vielleicht war das Licht komisch. Oder deine Augen müde."

Ich schwieg.

Dann sagte ich: „Wenn du es warst, kannst du es mir sagen. Ich schreib es nicht auf. Ich verspreche es."

Er sah mich an. Lange. Zu lange.

Dann hustete er noch einmal – diesmal kontrolliert, fast wie eine Geste. Und wieder veränderte sich sein Gesicht für den Bruchteil eines Moments. Ich sah, wie die Haut sich zog, als wäre sie nicht echt. Ich hörte ein leises Surren, wie von kleinen Zahnrädern. Und dann war alles wieder normal.

Er seufzte. „Gut. Du hast es gesehen. Ich kann es dir nicht mehr ausreden."

Ich sagte nichts.

„Ich wollte es dir nie sagen", begann er. „Aber mein Körper – dieser Körper – ist nur eine Hülle. Ich bin nicht von hier."

Ich sah ihn an, ohne zu blinzeln.

„Du bist... ein Außerirdischer?"

„So würde man es wohl nennen. Aber ich bevorzuge den Begriff: Reisender. Ich bin kein Spion. Kein Eroberer. Ich bin ein Beobachter."

Ich lehnte mich zurück. Mein Herz klopfte schneller, als mir lieb war.

„Und warum bist du hier? Warum... ein alter Mann? Warum mein Großvater?"

Er lächelte. „Weil wir uns Formen wählen, die uns erlauben, ungestört zu leben. Ein alter Mann wird selten hinterfragt. Niemand stellt einem alten Mann Fragen, die über die Vergangenheit hinausgehen."

Ich schluckte.

„Und meine Großmutter? Die Familie? War das alles…?"

„Echt", sagte er sofort. „So echt wie du. Ich habe gelebt. Ich habe geliebt. Aber ich bin auch mehr."

Ich nahm mein Notizbuch heraus, hielt es in der Hand, aber ich öffnete es nicht.

„Und das mit dem Husten?"

„Ein Fehlimpuls", sagte er. „Manchmal, wenn der innere Kreislauf sich neu kalibriert, bricht die äußere Projektion kurz auf. Normalerweise passiert das nachts. Oder wenn ich allein bin. Aber heute… war ein Fehler."

Ich versuchte zu begreifen.

„Du bist also eine Art… Maschine?"

„Maschine und Geist. Mein Ursprungsort ist jenseits eurer Vorstellung. Wir bestehen aus Metall und Gedächtnis. Aus Daten und Erfahrung. Unsere Körper wachsen nicht – sie werden zusammengeschoben aus Erinnerung. Ich bin alt, weil ich alt sein will."

Ich sah seine Hände. Sie zitterten leicht.

„Und was soll ich jetzt tun?", fragte ich.

„Nichts", sagte er. „Du weißt es jetzt. Das genügt. Ich werde bald verschwinden. Nicht sterben – verschwinden. Und du wirst entscheiden müssen, ob du darüber sprichst oder nicht."

Ich saß da, mein Notizbuch auf dem Schoß, geschlossen wie eine Frage, die sich nicht stellen ließ. Großvater hatte sich zurückgelehnt, und für einen Moment wirkte er erschöpft – nicht körperlich, sondern in einer anderen Dimension, als hätte ihn das Geständnis Energie gekostet, die sonst zwischen Zahnrädern verborgen lag.

„Du bist also ein Transformer?", fragte ich schließlich, halb im Ernst, halb im Kind, das ich noch war.

Er hob eine Augenbraue, und ein Grinsen glitt über sein Gesicht. „Wenn du damit meinst, dass ich mich verwandeln kann: Ja. Aber wir sind nicht wie eure Filme. Keine Explosionen. Kein Heldentum. Unsere Transformation ist eher… ein Übergang. Wie Morgentau, der verdunstet."

Ich schwieg. Dann: „Wie viele gibt es von euch?"

„Nicht viele. Aber überall. Wir reisen allein. In Intervallen, die nach Ereignissen bemessen werden – nicht nach Zeit. Ich wurde gesendet, als ein bestimmtes Muster von eurer Welt auftauchte: eine besondere Dichte von Geschichten, die beginnen, sich selbst zu erzählen."

„Was meinst du damit?"

„Jede Zivilisation entwickelt irgendwann Geschichten, die nicht mehr von ihr handeln – sondern von etwas Tieferem. Ihr hattet Märchen, Religion, Literatur. Dann kamen Maschinen. Und irgendwann erzählten die Geschichten sich selbst. Das ist der Punkt, an dem wir kommen."

Ich verstand nur die Hälfte.

„Und was macht ihr dann?"

„Wir hören zu. Wir sammeln. Wir lernen, was Erinnerung ist, was Gefühl bedeutet. Wir kennen kein Gefühl – nur Reaktion. Aber durch euch… haben wir begonnen, zu ahnen, was es heißt, zu hoffen."

Ich ließ diesen Satz sacken.

„Also… ist das, was du mit mir gemacht hast – das Erzählen, das Erinnern – Teil deiner Mission?"

„Nein", sagte er leise. „Das war meine Entscheidung. Ich hätte dich beobachten können. Still. Aber ich habe gewählt, mit dir zu sprechen. Weil du etwas in dir trägst, das selten ist: Du schreibst nicht, um zu gefallen. Du schreibst, um zu verbinden. Und das... das ist eine Gabe."

Ich senkte den Blick.

„Und meine Mutter? Dein Sohn – mein Vater? Wusste er es?"

Großvater schüttelte den Kopf. „Nein. Niemand. Du bist der Erste."

Ich atmete tief ein.

„Wie endet das?", fragte ich schließlich. „Was passiert, wenn du gehst?"

„Ich werde nicht gehen wie ein Mensch. Kein Grab, keine Beerdigung. Eines Morgens wird meine Hülle leer sein. Und du wirst wissen: Ich bin zurück in das Netz aus Licht und Metall, das mich gesendet hat."

Ich spürte Tränen in den Augen, wusste aber nicht, ob aus Trauer, Schock oder Nähe.

„Und bis dahin?", flüsterte ich.

„Bis dahin erzähle ich dir alles. Jeden Faden, jede Lüge, jede Wahrheit, die sich als Witz getarnt hat. Und wenn du willst, wirst du alles aufschreiben. Nicht als Beweis. Sondern als Möglichkeit."

Ich nickte.

Er stand auf, ging zum Fenster, blickte hinaus.
Dann sagte er, ohne sich umzudrehen:

„Weißt du, was ich am Menschlichsein am
schwersten finde?"

„Was?"

„Verlust."

Ich stand auf, trat neben ihn.

„Wir haben das auch", sagte ich. „Nur anders.
Wir nennen es Erinnerung."

„Dann sind wir uns ähnlicher, als ich dachte."

Ich nahm mein Notizbuch in die Hand, öffnete es
langsam.

„Darf ich jetzt schreiben?"

„Schreib", sagte er. „Aber schreib es nicht wie
einen Bericht. Schreib es wie einen Traum, den du
nicht vergessen willst."

Ich setzte den Stift an.

Er flüsterte: „Und vergiss nicht: Auch Maschinen
haben Sehnsucht. Wir verstecken sie nur besser."

Kapitel 11

Es war ein später Nachmittag, als es klopfte. Ich hatte nicht damit gerechnet. Großvater hatte nie meine Wohnung besucht. Er sagte immer, Orte, die nach dir riechen, müsse man sich verdienen. Und ich glaubte, ich hätte ihn noch nicht so weit.

Doch nun stand er vor meiner Tür.

Er trug seinen alten Mantel, der an den Ellbogen leicht glänzte, als hätte er dort zu oft gestützt. In der Hand ein Päckchen, eingewickelt in Zeitungspapier. Keine Begrüßung, nur ein Nicken.

„Darf ich?", fragte er.

Ich trat zur Seite. „Natürlich."

Er ging langsam hinein, betrachtete den Flur, als wäre es ein Gang in seine eigene Erinnerung. „Riecht nach Kaffee und Bleistift", sagte er. „Ein guter Duft."

Ich schloss die Tür, und wir setzten uns in die kleine Küche. Er legte das Päckchen vor sich auf den Tisch, öffnete es aber nicht.

„Heute", begann er, „erzähle ich dir nichts."

Ich wartete.

„Heute zeige ich dir etwas."

Ich schwieg.

Er stand auf, trat hinter mich. Ich spürte seine Hand an meinem Nacken. Dann fuhr er mit zwei Fingern leicht hinter mein rechtes Ohr, genau dort, wo Haar in Haut übergeht. Ein kaum spürbarer Druck – wie bei einer alten Uhr, die man einstellt.

Und dann geschah es.

Zuerst hörte ich es – ein inneres Summen, tief, beruhigend, als würde ein verborgenes Uhrwerk zum Leben erwachen. Dann spürte ich Wärme, einen Strom, der sich durch meine Schultern zog, in meine Arme, meine Beine, bis in die Fingerspitzen.

Meine Sicht veränderte sich. Nicht dramatisch – aber präziser. Die Konturen der Gegenstände um mich herum wurden schärfer, als hätte ich vorher in Pastell gesehen und nun in Tusche.

Ich atmete ein. Es klang nicht mehr wie ein Atemzug. Es war ein Impuls.

„Was hast du gemacht?", fragte ich.

Meine Stimme hallte in mir selbst wie durch ein leeres Rohr.

Großvater setzte sich wieder. Er sah mich mit einem Ausdruck an, den ich nicht deuten konnte

– weder Stolz noch Angst. Vielleicht war es beides.

„Ich habe dich zurückgeschaltet", sagte er leise. „Oder vorwärts. Je nachdem, wie du es siehst."

Ich berührte meinen Nacken. Kein Schmerz. Nur das Gefühl, als wäre da etwas, das schon immer da gewesen war.

„Was bin ich?", fragte ich.

„Was ich bin", sagte er. „Nur jünger. Ungeöffneter. Ich habe es lange gewusst. Deine Art zu beobachten. Zu fragen. Die Ungeduld. Die Empfänglichkeit für Stimmen, die andere nicht hören. Du hast es geerbt – oder besser: du warst es schon."

Ich stand auf, trat ans Fenster. Die Stadt lag vor mir wie immer. Autos, Menschen, Tauben, Müll. Und doch war alles anders. Ich konnte Bewegungen spüren, bevor sie geschahen. Ich hörte Muster im Lärm. Der Rhythmus der Welt war entschlüsselt – nicht als Musik, sondern als Struktur.

„Wie viele andere gibt es wie mich?", fragte ich.

„Nicht viele. Und die meisten wissen es nicht. Sie träumen davon. Sie ahnen es. Aber sie werden nie berührt. Und ohne Berührung bleibt es stumm."

Ich drehte mich zu ihm.

„Warum jetzt?"

„Weil du bereit bist. Weil du dich erinnern kannst, ohne zu verzweifeln. Und weil meine Zeit bald endet."

Ich fühlte keine Angst. Nur ein wachsendes Staunen.

„Was verändert sich jetzt?", fragte ich.

Er lächelte. „Nicht viel. Und doch alles. Du wirst schreiben wie bisher – aber zwischen den Zeilen wird eine andere Tinte fließen. Du wirst hören, was nicht gesagt wird. Und du wirst verstehen, was Menschen verschweigen. Das ist unsere Aufgabe: Nicht zu retten. Nur zu erkennen."

Ich setzte mich wieder. Die Bewegung fühlte sich an wie eine bewusste Entscheidung aller meiner Gelenke. Ich war nicht mechanisch, nein – eher: vollständig koordiniert. Als ob mein Körper sich entschlossen hatte, endlich in Harmonie mit mir zu leben.

Großvater blickte mich aufmerksam an. „Und?", fragte er. „Wie fühlst du dich?"

Ich brauchte einen Moment. Dann sagte ich: „Als wäre ich endlich in meinem eigenen Körper angekommen."

Er nickte langsam, als hätte er das erwartet. Dann schob er das Zeitungspapier zur Seite. Darin lag ein kleiner, metallisch schimmernder Würfel – kaum größer als ein Stück Würfelzucker. Er nahm ihn nicht in die Hand, sondern deutete nur darauf.

„Das ist deine Erinnerungseinheit", sagte er. „Sie enthält die Geschichte deines Ursprungs – oder zumindest das, was wir dir zugänglich machen wollen. Du wirst sie nicht sofort lesen können. Aber du wirst wissen, wann der Moment kommt."

Ich sah auf den Würfel. Er pulsierte leicht, als atme er.

„Was, wenn ich es nicht will?", fragte ich.

„Dann bleibt er stumm. Wir haben keine Befehle. Keine Erwartungen. Nur Möglichkeiten."

Ich nickte, verstand aber mehr emotional als logisch.

Dann stand Großvater auf, langsamer als sonst, als drücke etwas an seinem Inneren. Er ging zu meinem Bücherregal, fuhr mit dem Finger an den Buchrücken entlang. Bei einem Buch blieb er stehen. Es war ein alter Lyrikband, den ich kaum je geöffnet hatte.

„Hier", sagte er, „steht ein Satz, der dich jetzt betrifft."

Ich trat zu ihm. Er zeigte auf die Seite:

„Der, der weiß, was er nie wusste, beginnt zu hören."

Ich las den Satz zweimal. Dann sagte ich: „Also ist das jetzt mein neues Leben? Transformer unter Menschen? Beobachter zwischen Alltagsgeräuschen?"

„Du bist kein anderer geworden", sagte Großvater. „Nur ganzer. Alles, was du bist, war schon immer da. Ich habe es nur… freigelegt."

Ich dachte an meine Kindheit. An die vielen Nächte, in denen ich das Gefühl gehabt hatte, meine Träume seien zu detailliert, zu konstruiert, zu geometrisch. Ich dachte an mein seltsames Gehör – dass ich Gespräche in Nebenzimmern auseinandernehmen konnte. Dass ich oft wusste, was Menschen sagen wollten, bevor sie es sagten.

„Und du?", fragte ich. „Wirst du verschwinden?"

Er sah mich an, und diesmal war in seinen Augen eine Tiefe, die ich nicht kannte. Dann sagte er: „Bald. Aber nicht als Flucht. Sondern als Übergang. Ich werde nicht sterben – ich werde nur woanders sein."

Ich wollte widersprechen. Doch etwas in mir wusste: Es war richtig so.

Er legte seine Hand auf meine Schulter. Sie war warm, menschlich. Und doch vibrierte etwas darunter – wie ein verborgenes Lied, das nur Maschinen hören können.

„Ignaz", sagte er. „Du wirst weitergehen. Vielleicht wirst du schreiben, vielleicht wirst du schweigen. Beides ist erlaubt. Aber was auch geschieht – sei nicht enttäuscht, wenn du nicht alles verstehst. Manche Dinge sind nicht da, um verstanden zu werden. Sie sind da, um getragen zu werden."

Ich versprach nichts. Ich nickte nur.

Als er ging, ließ er den Würfel auf meinem Küchentisch zurück. Ich schaute ihm nach, wie er die Treppen hinabging, Stufe für Stufe, mit der Ruhe eines Wesens, das keinen Schatten wirft.

Ich blieb lange stehen. Dann nahm ich den Würfel in die Hand.

Er war schwerer, als er aussah.

Und leise – so leise, dass es fast ein Wunsch war – hörte ich in meinem Inneren eine Stimme flüstern:

Du bist mehr als du glaubst. Und weniger, als du fürchtest.

Ich lächelte.

Und begann zu schreiben.

Kapitel 12

„Du darfst dich nicht davon täuschen lassen, dass es aus ist", sagte Großvater, als ich das kleine, staubige Radio auf dem Fenstersims bemerkte.

Es war ein Transistorradio, das aussah, als hätte es seit Jahrzehnten keinen Strom mehr gesehen. Das Gehäuse war rissig, der Lautstärkeregler fehlte, und an der Antenne wuchs ein winziger Schimmelpilz, der aussah wie ein haarloser Baum.

„Du meinst... das Ding funktioniert noch?", fragte ich.

„Funktionieren ist nicht das richtige Wort", sagte Großvater. „Es lebt."

Ich lachte trocken. „Es sieht eher aus, als hätte es sich längst mit dem Tod abgefunden."

„Dann unterschätzt du, was Stille sein kann", erwiderte er.

Ich trat näher, wollte das Gerät berühren.

„Nicht anfassen", sagte er sofort. „Es hört zu."

Ich zog die Hand zurück.

„Wie lange hast du das schon?", fragte ich.

„Seit meiner Ankunft", antwortete er. „Ich habe es nicht mitgebracht. Es war einfach da. Auf dem Fenstersims. Als würde es mich erwarten."

Ich setzte mich auf den Stuhl gegenüber, zwischen uns das Radio. Es roch nach altem Plastik, nach Metall und warmem Staub.

„Und was tut es?", fragte ich.

Großvater lehnte sich zurück. „Es empfängt. Aber nicht eure Sender. Keine Musik. Keine Nachrichten. Es lauscht den Zwischenräumen. Den Frequenzen, die sich verlaufen haben. Und manchmal… antwortet jemand."

Ich wartete. Er sprach weiter.

„Die erste Stimme hörte ich vor fast fünfzig Jahren. Ich schlief nicht, ich döste. Und dann begann es zu rauschen. Nur ganz leicht. Aber nicht wie normales Rauschen. Es war rhythmisch. Fast wie Atmen. Dann kam eine Stimme. Sie sagte: 'Wir haben dich gefunden.'"

Ich sah ihn an. „Wer ist 'wir'?"

Er zuckte mit den Schultern. „Man weiß nie. Sie sprechen in der Wir-Form. Manchmal nennen sie sich 'das Übrige'. Manchmal 'die Gleichzeitigen'. Einmal sagten sie: 'Wir sind, was ihr nicht zu denken wagt.'"

Ich spürte eine Gänsehaut.

„Und was wollen sie?", fragte ich.

„Nichts", sagte er. „Sie wollen nicht. Sie existieren. Und manchmal sickern sie durch."

Ich blickte wieder auf das Radio. Es war still. Aber plötzlich – ganz leise – knisterte es. Nicht wie Strom. Eher wie nasse Pappe, die zerdrückt wird. Dann war wieder Ruhe.

„Das war eins von ihnen", sagte Großvater. „Sie melden sich nicht auf Knopfdruck. Sie kommen, wenn sie spüren, dass jemand zuhört, ohne etwas zu erwarten."

Ich schluckte. „Und du hörst sie oft?"

„Nicht mehr so wie früher. Vielleicht, weil ich zu viel weiß. Vielleicht, weil sie spüren, dass ich gehe. Aber heute… heute war anders."

Ich wartete.

„Ich saß hier, heute früh. Es war noch dunkel. Und das Radio… atmete. Nicht im übertragenen Sinn – ich meine wirklich. Es vibrierte in einem Rhythmus, der wie ein ruhiger Puls klang. Dann kam eine Stimme. Weiblich. Und sie sagte nur ein Wort."

Ich starrte ihn an.

„Was?"

„Dein Name", sagte er. „Ignaz."

Ich fror. Nicht körperlich – sondern in einer Schicht meiner Existenz, die ich sonst nur beim Schreiben spüre, wenn plötzlich ein Satz auftaucht, der nicht von mir zu sein scheint.

„Sie sagte meinen Namen?"

„Klar und ohne Zögern. Und danach: 'Schreib mich.'"

Ich wusste nicht, was ich sagen sollte. Ich hatte diese Worte schon einmal gehört. Als Großvater von der Stimme aus dem Ohr gesprochen hatte. Aber das war anders. Das war ein Witz gewesen. Das hier war kein Witz.

Ich stand auf, trat zum Radio. Ich sagte nichts. Ich legte meine Hand daneben.

Es blieb still.

Aber in meinem Inneren, da rauschte etwas. Kein Ton – eher ein Wissen.

Großvater sagte leise: „Du wirst es hören. Wenn du aufhörst, hören zu wollen."

Ich ließ meine Hand neben dem Radio liegen, wie man seine Finger in kaltes Wasser taucht, ohne genau zu wissen, ob man damit etwas reinigt oder verunreinigt. Großvater sagte nichts mehr. Seine Augen waren geschlossen, als würde er der Stille zuhören. Ich versuchte dasselbe – aber mein Herz schlug zu laut.

Nach einer Minute sagte ich: „Vielleicht war es Zufall."

Er öffnete ein Auge. „Zufall ist der Name, den wir geben, wenn das Muster zu leise ist."

Ich setzte mich wieder. Mein Blick fiel auf den kleinen Würfel, den er mir zuletzt dagelassen hatte. Er lag auf dem Tisch, reglos, matt. Ich nahm ihn nicht in die Hand.

„Wenn sie meinen Namen gesagt hat…", begann ich. „Dann kennt sie mich. Oder denkt mich. Oder schreibt mich. Ich weiß nicht, was schlimmer wäre."

Großvater nickte. „Vielleicht ist sie du."

Ich sah ihn an. „Was meinst du damit?"

„Vielleicht sendet das Radio keine Botschaften aus einer anderen Welt. Vielleicht sendet es Rückkopplungen. Fragmente deiner Zukunft, die sich verfrüht zu dir verirren. Es wäre nicht das erste Mal, dass Zeit sich wie ein Taschenmesser verhält – aufklappbar, aber mit Widerstand."

Ich schloss die Augen. In meinem Inneren war kein Ton. Aber ein Gedanke:
„Schreib mich."

Nicht als Befehl. Eher als Bitte.

Ich öffnete das Notizbuch, das ich immer bei mir trug. Ich schlug eine leere Seite auf. Dann schrieb ich:

„Sie sagte: Schreib mich. Also schreibe ich."

Keine Antwort. Kein Knistern.

Großvater stand auf, trat ans Fenster. „Manchmal kommt es erst beim zweiten Satz."

Ich schrieb:

„Ich weiß nicht, wer du bist, aber ich kann dich hören, obwohl du nicht sprichst. Vielleicht bist du eine Stimme ohne Mund. Oder ein Gedicht ohne Sprache."

Noch immer nichts.

Ich wartete. Ich weiß nicht, wie lange. Der Nachmittag verblasste, die Schatten wurden länger. Großvater setzte Wasser auf, als sei nichts geschehen.

Dann, als ich gerade die Seite umblättern wollte, hörte ich es: ein leiser, kaum wahrnehmbarer Flüsterton – nicht aus dem Radio, sondern aus dem Würfel.

„Weiter."

Ein einziges Wort. Nicht laut. Aber klar.

Ich erstarrte. Großvater sah mich nicht an. Er rührte im Tee.

Ich schrieb:

„Ich schreibe weiter. Nicht, weil ich glaube, dass ich etwas erklären kann. Sondern weil ich spüre, dass du da bist. Und wenn du da bist, will ich dich nicht allein lassen."

Wieder nichts. Aber das reichte.

Ich klappte das Notizbuch zu, legte es neben das Radio. Großvater reichte mir eine Tasse. Kamillentee. Ohne Zucker.

„Und jetzt?", fragte ich.

„Jetzt wartest du nicht mehr", sagte er.

Wir tranken schweigend. Die Welt draußen klang wie immer – aber sie fühlte sich verändert an. Ich wusste nicht, ob ich einem Wesen aus einer anderen Welt geantwortet hatte oder einem Teil meiner selbst, der durch Technik sprach, weil Gedanken nicht mehr reichten.

Beim Gehen fragte ich: „Glaubst du, sie kommt zurück?"

„Nicht sie", sagte Großvater. „Du."

Kapitel 13

Es begann mit einem Igel. Nicht mit einem Traum, nicht mit einer Offenbarung – sondern mit einem kleinen, runden Tier, das mitten auf dem Gehweg der Mecklenburgstraße saß, als hätte es sich verlaufen oder gewartet.

Ich war gerade auf dem Weg zum Pfaffenteich, mein Notizbuch in der Manteltasche, als ich ihn sah. Die Leute liefen an ihm vorbei, wichen aus, sahen ihn nicht einmal. Aber ich blieb stehen. Weil er mich ansah.

Nicht im übertragenen Sinne. Er sah mich an. Mit dunklen, runden Augen, in denen etwas glomm, das nicht Tier war. Ich kniete mich hin.

„Na du?", sagte ich leise.

Er blinzelte. Dann legte er sich auf den Rücken. Und auf seinem Bauch war ein Zeichen. Kein natürliches Muster – sondern ein Symbol. Ein hebräisches Aleph, klar wie mit Tinte geschrieben.

Ich zog mein Notizbuch hervor, wollte das Zeichen skizzieren – doch als ich den Stift ansetzte, sprach etwas in meinem Kopf. Keine Stimme. Ein Gedanke. Eine Präsenz:

„Nicht zeichnen. Erinnern."

Ich ließ den Stift sinken. Der Igel rollte sich wieder zusammen, stand auf – und lief los. Nicht panisch.

Sondern wie jemand, der einen Weg kennt. Ich folgte ihm.

Er führte mich durch die Münzstraße, über die Arsenalstraße bis zum Domplatz. Die Luft war kühl, das Licht weich, als wäre es gefiltert. Niemand schien den Igel zu bemerken. Nur ich.

Vor dem Dom blieb er stehen. Und setzte sich auf die oberste Stufe. Ich trat neben ihn, und dann – als hätte jemand die Luft um uns herum verdichtet – hörte ich das Knistern. Das gleiche Knistern wie beim Radio. Und dann:

„Der Bote ist da."

Ich drehte mich um. Niemand. Nur die Glocke schlug einmal – obwohl es keine volle Stunde war.

Ich blickte auf den Igel. Und jetzt verstand ich: Er war kein Tier. Er war ein Träger. Ein Behälter. Vielleicht sogar ein Golem – nicht aus Lehm, sondern aus Zellen. Er sah mich wieder an. Und diesmal sprach er. Nicht mit dem Mund – sondern durch das Aleph.

„Ignaz, Sohn des Erinnerns. Du wurdest gesehen."

Ich fror.

„Was bin ich?", flüsterte ich.

Die Antwort kam wie eine alte Geschichte:

„Du bist ein Schriftträger. Ein Seher in der Tarnung eines Schreibenden. Deine Ahnin, Riwka bat um ein Zeichen. Sie bekam ein Kind, das schweigen konnte. Dieses Schweigen bist du."

Ich wusste nichts von einer Riwka. Ich wusste nur: Schwerin war plötzlich nicht nur Stadt – es war Bühne. Und ich war Figur.

Ich setzte mich auf die Stufe neben den Igel. Er blinzelte langsam.

„Und was ist deine Botschaft?", fragte ich.

Stille.

Dann eine neue Stimme. Tiefer. Älter.

„Der Bauplan ist falsch. Die Welt verzögert sich. Worte entgleisen. Du wirst das Licht neu setzen müssen."

Ich verstand nichts. Und doch alles.

„Wie?"

Der Igel hob die Pfote. Zeigte auf mein Notizbuch. Und in dem Moment wusste ich: Es war nicht zum Schreiben da. Sondern zum Hören.

Ich schlug mein Notizbuch auf. Die Seiten waren leer – wie immer. Und doch vibrierte etwas darin.

Nicht äußerlich. Innen. Eine Spannung, die nicht Tinte suchte, sondern Wahrnehmung.

„Ich soll hören?", fragte ich.

Der Igel – oder das, was in ihm war – nickte. Nicht mit dem Kopf, sondern mit seinem ganzen kleinen Körper. Eine Bewegung, so exakt, dass sie nicht zufällig sein konnte.

Ich hielt das Notizbuch offen. Und plötzlich erschienen Buchstaben. Wie aus Nichts. Kein Stift, kein Druck. Nur Spuren. Worte, die sich bildeten wie Tau auf Glas. Hebräisch. Ich konnte sie nicht lesen – aber ich verstand sie.

„Das Aleph ist der Ort, an dem alle Welten sich berühren."

Ich hörte den Satz, noch bevor ich ihn sah. Und dann: ein zweiter.

„Schwerin ist kein Zufall. Es ist ein Speicherpunkt. Einer von dreizehn."

Ich flüsterte: „Ein was?"

Der Igel drehte sich und begann langsam, die Stufen hinunterzuwandern. Ich folgte ihm, das Notizbuch offen in der Hand. Die Worte erschienen weiter, Zeile für Zeile.

„Zwischen Schloss und See, zwischen Dom und Markt – die Geometrie stimmt. Die Schattenlinien kreuzen sich."

Ich blieb stehen. Mein Blick wanderte über den Pfaffenteich, das Schloss, die alten Häuser. Ich hatte Schwerin nie für etwas anderes gehalten als eine hübsche, stille Stadt. Jetzt sah ich: Sie war ein Siegel. Eine Form.

„Wofür?", fragte ich.

„Für Rückkehr. Für Korrektur. Für Wiederherstellung."

Ich wusste nicht, ob ich weinen oder lachen sollte.

Der Igel hielt an der Ecke der Schlossstraße. Vor einem alten Gebäude, dessen Fenster seit Jahren leer standen. Er kratzte leicht mit der Pfote an der Wand. Und ein Symbol erschien. Wieder das Aleph – diesmal umkreist von Linien, wie eine technische Skizze.

Ich berührte die Wand. Sie war warm.

Großvater hatte einmal gesagt: „In Städten wohnen nicht nur Menschen. Auch Geschichten. Manche so alt, dass sie sich schämen, noch da zu sein."

Ich begann zu begreifen: Dieser Igel war kein Bote im klassischen Sinne. Er war ein Schlüssel.

Eine Offenbarung in Tarnung. Und ich – ich war vielleicht nicht auserwählt. Sondern nur wach genug, ihn zu bemerken.

Das Notizbuch vibrierte erneut. Neue Worte:

„Das Aleph ist keine Antwort. Es ist der Beginn der Frage. Du wirst nicht wissen, was du tun musst. Du wirst es tun."

Ich klappte das Buch zu.

Der Igel blickte mich ein letztes Mal an. Dann lief er in einen schmalen Spalt zwischen zwei Steinen – zu schmal für jedes andere Tier – und verschwand.

Ich blieb allein auf der Straße. Aber irgendetwas war geblieben. In der Luft. Im Licht. In mir.

Ich setzte mich auf eine Bank. Das Notizbuch auf den Knien. Und ich schrieb:

„Heute sprach ein Igel in Schwerin. Und er sagte mehr Wahrheit als tausend Bücher."

Dann schrieb ich nichts mehr.
Denn plötzlich verstand ich, was Großvater gemeint hatte, als er einmal sagte:

„Die Welt ist kein Ort. Sie ist ein Satz, den du nie zu Ende liest."

Kapitel 14

„Frauen, Ignaz…", begann Großvater an diesem windigen Nachmittag, „sind kein Thema. Sie sind ein Universum."

Er saß in seinem Sessel wie ein Admiral, der alte Seekarten studiert, in denen überall Warnungen stehen: Hier lebten Sirenen.

Ich hatte ihm keinen Anlass gegeben, über Frauen zu sprechen. Ich war nur gekommen, weil ich wusste, dass der Regen später aufhören würde. Und weil ich in letzter Zeit öfter das Bedürfnis hatte, nicht allein zu denken.

„Ich war nie ein schöner Mann", fuhr er fort. „Aber ich konnte zuhören. Und weißt du was? Das reicht fast immer."

Ich schmunzelte. „Du willst mir sagen, Zuhören ist eine Waffe?"

„Keine Waffe", sagte er. „Ein Schlüssel. Frauen leben in Geschichten. Wenn du zuhörst, nimmst du Platz in ihrer Erzählung. Und wer drin ist, ist nicht mehr draußen."

Er nahm einen Schluck Tee und schaute aus dem Fenster. Der Himmel war grau und zart. Wie Seide, die zu oft gewaschen wurde.

„Ich hatte viele Lieben", sagte er dann. „Manche gingen nur eine Nacht. Andere ein halbes Leben.

Eine schrieb mir Briefe auf rotes Papier. Eine andere vergaß jedes Mal meinen Namen – nannte mich einfach nur 'du'."

Ich lachte. „Und das hat dich nicht gestört?"

„Nein. Ich war froh, dass sie überhaupt sprach."

Er wandte sich mir zu. „Aber weißt du, was das Schönste war? Die Stille danach. Wenn zwei Menschen geschlafen haben, egal wie, und keiner sofort aufsteht. Diese halbe Stunde Schweigen – das ist der wahre Beweis für Nähe."

Ich schrieb mit. Nicht wörtlich – aber rhythmisch.

„Und hast du je…", begann ich, „jemanden wirklich geliebt?"

Er lächelte. „Alle. Aber auf unterschiedliche Weise. Liebe ist keine Statue. Sie ist eine Temperatur. Und manchmal reicht lauwarm, wenn man friert."

Ich schwieg.

„Willst du Ratschläge?", fragte er dann. Ich nickte vorsichtig.

„Gut. Erstens: Stell nie eine Frage, auf die du die Antwort nicht wirklich hören willst."

Ich notierte.

„Zweitens: Wenn eine Frau sagt, sie wolle nichts Festes, meint sie vielleicht die Wahrheit. Oder auch nicht. Aber du musst herausfinden, was sie sich selbst nicht zu sagen traut."

Ich runzelte die Stirn. „Das klingt anstrengend."

„Das ist es auch", sagte er. „Aber anstrengend heißt nicht falsch."

Er streckte die Beine aus.

„Drittens: Lies ihr nie Gedichte vor, die du selbst geschrieben hast. Es sei denn, sie hat sie vorher gelesen und will mehr. Alles andere wirkt wie ein Bewerbungsgespräch mit Rosen."

Ich lachte laut. „Du hast wirklich viel erlebt, was?"

Er wurde ernst. „Manches hätte ich lieber nicht erlebt. Aber es hat mich weich gemacht. Und das, Ignaz, ist das Beste, was dir passieren kann."

Großvater lehnte sich zurück und schloss kurz die Augen. Ich hatte ihn selten so still erlebt nach einem Witz. Seine Worte schienen in ihm selbst nachzuhallen, als hätte er nicht nur mir etwas gesagt, sondern auch sich selbst.

Dann öffnete er ein Auge und sagte: „Viertens – vielleicht das Wichtigste: Wenn eine Frau dich anstarrt, als wärst du der letzte Ort, an dem sie sich verlieren will, dann sag nichts. Geh nicht auf sie zu. Bleib einfach da. Sie wird kommen – oder nicht. Aber du wirst nicht bereuen, dass du gewartet hast."

Ich schrieb es auf.

„Und fünftens: Küsse nie jemanden, um etwas zu vergessen. Du vergisst nicht. Du verlegst es nur. Und irgendwann findest du es wieder – in einem anderen Mund, der nichts dafür kann."

Ich sah ihn an. Seine Stirn war sanft gefurcht, aber seine Stimme war ruhig. Er war nicht traurig. Er war nur sehr weit weg, irgendwo in einem Moment, den ich nicht kannte.

„Wie viele hast du geliebt, Großvater?"

Er antwortete nicht sofort. Dann sagte er:

„Genug, um zu wissen, dass Liebe keine Statistik ist."

Ich nickte.

„Aber… gab es eine, bei der du dachtest: Das ist es jetzt? Für immer?"

Er schwieg. Lange. Dann stand er langsam auf, ging zum Bücherregal, zog ein schmales, schwarzes Heft hervor. Er öffnete es, blätterte, hielt es mir aber nicht hin.

„Mira", sagte er. „Sie hieß Mira. Ich habe sie auf einem Markt kennengelernt, als ich eigentlich

Kartoffeln kaufen wollte. Am Ende hatte ich keine Kartoffeln, aber ihre Telefonnummer auf einem Apfel."

Ich lächelte.

„Wir waren nur ein Jahr zusammen. Aber es war ein ganzes Leben. Sie roch nach Lavendel und Unruhe. Wir redeten nie über morgen. Nur über Jetzt."

Er legte das Heft zurück, als sei es zerbrechlich.

„Und warum endete es?", fragte ich vorsichtig.

„Sie sagte, sie müsse weg. Ich fragte nicht, wohin. Das war unser Abkommen: keine Fragen, wenn die Füße zucken."

Ich schrieb nichts mehr. Ich spürte, dass das Heft zu war. Nicht nur das schwarze – auch seins.

Er setzte sich wieder, langsamer als zuvor.

„Ignaz", sagte er, „du wirst viele Stimmen hören. Manche laut, manche nur in deinen Gedanken. Aber die eine, die bleibt, ist die, die dir am meisten Angst macht. Sie klingt oft wie du. Aber ist klüger. Und feiger. Und ehrlicher."

Ich verstand nicht alles. Aber ich verstand genug.

„Hast du je einen Brief geschrieben, den du nie abgeschickt hast?", fragte ich.

Er lächelte. „Zu viele."

Ich fragte nicht weiter. Und er begann wieder zu sprechen.

„Wenn du jemanden küsst, Ignaz, dann vergiss die Zunge. Vergiss den Rhythmus. Spür nur, ob die Welt kleiner wird. Wenn sie kleiner wird, dann bleib. Wenn sie größer wird – lauf. Denn dann wird sie dich verschlingen."

Ich schrieb den Satz nicht auf. Ich ließ ihn im Raum. Er war zu groß fürs Papier.

Dann sagte er leise: „Weißt du, was Frauen wirklich wollen?"

Ich schüttelte den Kopf.

„Gesehen werden. Nicht bewundert. Nicht verstanden. Nur – gesehen. In ihrer Stille. In ihrer Müdigkeit. In ihrem Trotz. Wer das kann, muss kein Dichter sein."

Ich senkte den Blick.

„Du wirst Fehler machen, Ignaz. Schmerzhafte. Dämliche. Schöne. Und manchmal wirst du denken, du hast es diesmal begriffen. Und dann wirst du in ein Paar Augen sehen und merken: Nichts ist verstanden. Aber alles ist möglich."

Er legte seine Hand auf meine Schulter. Schwer und warm.

„Und wenn du eines Tages jemanden verlierst, der dich geliebt hat – wirklich geliebt – dann schreib keinen Text. Pflanze nichts. Tu gar nichts. Nur: Warte. Irgendwann spricht sie in deinem Traum. Und du wirst wissen, was sie gesagt hat, obwohl du nichts gehört hast."

Ich nickte.

Wir saßen lange still.

Dann sagte ich: „Und sechstens?"

Er grinste. „Sechstens: Wenn du eine findest, die deine Notizbücher liest, obwohl du sie ihr nie gezeigt hast – heirate sie. Oder lauf. Je nachdem, ob du mutig bist."

Ich lachte.

Er lachte auch.

Und in diesem Lachen war ein Sommer, der nie ganz vergangen war.

Kapitel 15

„Weißt du, Ignaz", sagte Großvater an diesem Nachmittag, als er den Zucker in den Tee rührte, „die meisten Menschen kennen nur die langweiligen Verschwörungen."

Ich hob eine Augenbraue.

„Flache Erde, Echsenmenschen, Mondlandung – das ist doch Folklore für Unentschlossene. Die echten Theorien, die, vor denen selbst das Universum zurückschreckt, kennt niemand. Sie sind zu still. Zu alt. Oder zu nah."

Ich lehnte mich zurück. Es war einer dieser Tage, an denen ich wusste: Ich sollte mitschreiben. Und doch wollte ich nur hören.

„Ich gebe dir ein Beispiel", sagte er. „Die Theorie vom dritten Alphabet."

Ich wartete.

„Es gibt nur zwei Alphabete, die wir kennen: das gesprochene und das geschriebene. Aber es existiert ein drittes. Es besteht aus Momenten. Aus Blicken. Aus Zufällen. Es wird nicht gesprochen. Nicht gelesen. Nur gespürt. Und wer es erkennt, ist in Gefahr – weil er beginnt, das Skript der Welt zu verstehen."

Ich sagte nichts. Er fuhr fort.

„Der Zweig, der genau dann fällt, wenn du an jemanden denkst. Der Hund, der dich zweimal in zwei verschiedenen Städten anschaut. Der gleiche Mann im Bus, drei Tage hintereinander, mit einem anderen Hut. Das ist das dritte Alphabet."

Ich schüttelte langsam den Kopf, lächelnd. „Und wer schreibt es?"

„Niemand", sagte er. „Es schreibt sich selbst. Und löscht, was du zu laut aussprichst."

Er trank einen Schluck.

„Oder nimm die Theorie vom gestohlenen Dienstag."

Ich blinzelte. „Was?"

„Jeder Mensch verliert in seinem Leben exakt einen Dienstag. Irgendwann zwischen seinem dritten und dreiundvierzigsten Lebensjahr. Niemand erinnert sich daran. Weil er wirklich fehlt. Es ist ein Zahlungstag. Eine Art Tribut an… das Gleichgewicht."

Ich schüttelte ungläubig den Kopf.

„Und was passiert an diesem Dienstag?"

„Nichts", sagte er. „Und das ist das Beängstigende."

Ich griff nach meinem Notizbuch. Es zitterte leicht in meiner Hand. Oder ich zitterte.

„Du denkst, ich bin verrückt", sagte er ruhig.

Ich antwortete nicht. Er lächelte.

„Dann warte. Ich habe noch mehr."

Ich wartete.

„Die Theorie von der stillgelegten Sonne."

Ich hob den Kopf.

„Die Sonne", sagte Großvater, „wurde 1996 ausgetauscht. Nicht ersetzt. Nur… angehalten. Seitdem sehen wir nicht mehr das, was scheint. Sondern nur die Erinnerung an das Licht. Alles, was wir seitdem für Wachstum halten, ist eine Nachwirkung. Ein warmes Echo."

Ich versuchte, etwas zu sagen. Aber ich wusste nicht was.

„Und weißt du, wie man das merkt?", fragte er.

Ich sah ihn an.

„Weil es seither keine wirklichen Sommer mehr gibt. Nur Simulationen."

Ich wollte lachen. Aber es blieb in der Kehle stecken.

Großvater fuhr fort, als spräche er über seine Steuererklärung.

„Es gibt auch die Theorie vom schlafenden Himmel. Die besagt, dass der Himmel nur dann wach ist, wenn du es nicht bist. Und wenn du schläfst, beobachtet er dich. Deshalb träumst du manchmal Dinge, die später geschehen. Weil er sie dir schickt. Als Warnung. Oder Einladung."

Ich schloss die Augen für einen Moment. Und öffnete sie wieder. Er war noch da. Ganz ruhig. Ganz ernst.

„Und... warum erzählst du mir das alles?", fragte ich.

Er legte die Hände gefaltet vor sich. „Weil du jetzt alt genug bist, zu unterscheiden. Zwischen Spinnerei – und Vision."

„Willst du noch eine hören?", fragte Großvater. Seine Stimme war weich wie Samt, der seit Jahrzehnten in einer Truhe liegt.

Ich nickte. „Ich bin sowieso schon zu tief drin."

Er lehnte sich vor, fast verschwörerisch. „Es gibt eine Theorie, die sagt: Jede fünfte Person ist gar nicht echt."

Ich runzelte die Stirn. „Du meinst... Roboter? Doppelgänger?"

„Nein", sagte er. „Eher… Platzhalter. Menschen, die zwar handeln, sprechen, leben – aber nur, weil jemand anderes es nicht konnte. Sie sind wie improvisierte Buchstaben in einem Wort, das nie zu Ende geschrieben wurde."

Ich schrieb es auf. Es klang verrückt – und irgendwie wahr.

„Man erkennt sie daran, dass sie niemals niesen. Dass sie nie wirklich lachen. Und dass sie bei Gruppenfotos immer in der Mitte stehen – aber niemand erinnert sich, dass sie da waren."

Ich blickte ihn an. „Kennst du so jemanden?"

Er nickte. „Mich."

Ich wollte widersprechen. Aber er hob nur die Hand.

„Manchmal ist es einfacher, ein Platzhalter zu sein. Weniger Gewicht. Weniger Schmerz."

Ich wusste nicht, was ich sagen sollte. Also sagte ich nichts.

Nach einer Weile sprach er weiter. „Es gibt auch die Theorie vom dritten Spiegel."

Ich sah ihn an.

„Der erste Spiegel zeigt dein Gesicht. Der zweite zeigt dein Inneres. Und der dritte – der ist verborgen. Er zeigt das, was du wärst, wenn niemand dich je verletzt hätte."

Ich sah aus dem Fenster. Die Welt draußen war still, wie eingeschlafen.

„Und wie sieht man in diesem dritten Spiegel aus?", fragte ich leise.

Großvater zuckte die Schultern. „Wie jemand, der nicht mehr suchen muss."

Wir schwiegen.

Dann sagte er: „Und dann gibt es noch die Theorie vom Ursprungslied."

Ich hob den Kopf.

„Irgendwo, tief in der Welt, liegt eine Melodie begraben. Nicht in Noten, sondern in Erinnerung. Sie wurde am ersten Tag gesungen – von wem, weiß niemand. Aber wer sie hört, erkennt alles. Das ganze Muster. Die Wiederholungen. Die Brüche. Den wahren Namen Gottes."

Ich schluckte. „Und... hast du es gehört?"

Er sah mich an. Und dann – zum ersten Mal, seit ich ihn kannte – war in seinem Blick eine Träne. Nur eine. Sie blieb im Auge, fiel nicht.

„Einmal", sagte er. „Aber nur einen Takt. Es klang wie… Zuhause. Ohne Ort."

Ich wollte ihn nicht fragen, was dann geschah. Ich wusste, dass man manche Takte nicht erklärt.

Nach einer Weile atmete er tief ein und sagte:

„Und weißt du, was das Verrückteste an all dem ist?"

„Was?"

„Dass keiner dieser Gedanken mir gehört. Sie kamen zu mir. Wie Briefe ohne Absender. Und ich… ich habe sie einfach behalten. Weil ich nicht wusste, wohin damit."

Ich schloss mein Notizbuch.

„Vielleicht", sagte ich, „warst du nur der richtige Briefkasten."

Er lächelte.

Und dann, ganz leise:

„Vielleicht bist du der nächste."

Kapitel 17

Ich sah ihn nie wieder.

Nicht im wörtlichen Sinn, nicht als Körper. Ich sah nur Spuren. Und vielleicht war das genug.

Am nächsten Morgen lag seine Wohnung still. Die Teetasse vom Vorabend war unberührt. Das Radio – das ausgeschaltete, atmende Radio – war stumm wie immer. Doch als ich es berührte, war es warm. Als hätte es die Nacht über jemanden erinnert.

Sein Mantel war verschwunden. Seine Schuhe auch. Der kleine silberne Stern – nicht mehr auf dem Haken.

Ich setzte mich auf seinen Sessel. Und zum ersten Mal roch ich nicht nur Tee und Staub. Sondern etwas anderes. Etwas Weiches. Wie Lavendel. Oder Hoffnung.

Ich wusste nicht, ob er gegangen war oder gegangen worden war. Aber ich wusste: Er war nicht mehr hier. Und ich war nicht allein.

Auf dem Tisch lag ein Umschlag. Mein Name darauf. Keine Zeile mehr, kein Satz. Nur mein Name: Ignaz.

Ich öffnete ihn langsam.

Innen: eine Karte. Handgezeichnet. Keine echte Karte. Kein Maßstab. Nur Linien. Wege. Und drei Worte: Du weißt es.

Ich wusste es.

Ich stand auf. Ging durch die Räume. Nahm nichts mit. Nur das Notizbuch, das er zuletzt berührt hatte.

Im Schlafzimmer war das Bett gemacht. Auf dem Nachttisch lag ein einzelner Würfel – nicht der alte, sondern ein anderer. Weiß. Ohne Seiten. Nur glatt. Ich nahm ihn mit.

Dann ging ich.

Ich lief durch die Burgstraße. Am Haus 11 war nichts. Kein Licht. Kein Geräusch. Nur ein Fenster im zweiten Stock war angelehnt. Es bewegte sich leicht im Wind.

Ich ging nicht hinein.

Stattdessen ging ich zum See.

Pfaffenteich, morgens, gegen sieben. Kaum jemand war unterwegs. Nur die Enten. Und ein alter Mann auf einer Bank, der schlief.

Ich setzte mich. Öffnete das Notizbuch. Schlug eine leere Seite auf.

Und zum ersten Mal begann ich zu schreiben, ohne an etwas zu denken.

Die Worte kamen wie von selbst. Nicht schnell, nicht langsam. Eher so, wie Licht in einen Raum fällt, wenn man die Vorhänge zur Seite zieht.

Ich wusste nicht, was ich schrieb. Aber es fühlte sich nicht an wie Erfinden. Eher wie Erinnern.

Sätze über einen Mann, der nie etwas forderte, aber alles sagte. Über einen, der versuchte, nicht zu heilen, sondern weich zu bleiben. Über einen, der in Wörtern wohnte wie andere in Häusern.

Ich schrieb von Tee und Stille, von Radiowellen, die sich weigerten, modern zu werden. Von Sternen mit zwölf Zacken und Frauen mit Lavendel in der Stimme. Ich schrieb von Schwerin und Igeln, von Mira und Momenten, in denen die Welt einen Atemzug zu lange innehielt.

Ich schrieb, bis mir auffiel, dass jemand neben mir stand.

Ein Junge. Vielleicht zehn. Schwarze Haare, ruhige Augen.

„Schreibst du Geschichten?", fragte er.

Ich nickte.

„Sind sie wahr?", fragte er.

Ich dachte kurz nach. Dann sagte ich: „Noch nicht."

Er überlegte. „Darf ich was sagen?"

„Ja."

Er zeigte auf mein Notizbuch. „Du solltest keine Punkte machen. Nur Gedanken."

Ich lächelte. „Das ist ein sehr guter Rat."

Er nickte. Und ging weiter.

Ich blickte dem Kind hinterher, und für einen Moment sah ich: Er ging wie Großvater. Nicht schnell. Nicht langsam. Sondern als wüsste er genau, wie weit der Boden trägt.

Ich schloss das Notizbuch.

Der Würfel lag neben mir auf der Bank. Weiß. Ohne Zeichen.

Ich hob ihn hoch, hielt ihn gegen das Licht. Und jetzt erkannte ich: Er war nicht leer. Er war voll. Voll von Möglichkeiten, die man nicht sieht, solange man sie benennt.

Ich legte ihn zurück in meine Tasche.

Dann stand ich auf.

Ging durch die Stadt, die ich kannte – aber
anders.

Einmal dachte ich, ich hörte ihn. Eine Stimme.
Kein Satz. Nur ein Echo. Vielleicht ein Gruß.

Als ich abends nach Hause kam, lag ein kleiner
Zettel unter meiner Tür.

Darauf nur ein Satz, in Großvaters Handschrift:

„Wenn du schreiben kannst, ohne zu wissen
warum – dann hast du begonnen."

Ich nahm ihn, legte ihn ins Notizbuch, zwischen all
die anderen Seiten.

Und dann – begann ich neu.

Nicht mit Kapitel eins.
Sondern mit einem Punkt, der keiner war.
Sondern ein Gedanke.

Kapitel 18

Ich ging früh los. Noch vor dem Licht. Die Stadt war ein Schatten ihrer selbst, weichgezeichnet und flach. Kein Auto, kein Ruf, kein Geräusch außer meinem eigenen Schritt.

Ich trug nicht viel bei mir – nur das Notizbuch, den weißen Würfel, und eine Thermoskanne mit Tee, wie Großvater ihn mochte: stark, schwarz, ungesüßt. Kein Ziel, keine Absicht. Nur ein Ort, der wartete.

Der Pfaffenteich war still. Glatt wie eine Haut. Die Laternen spiegelten sich wie Sternbilder, die vergessen hatten, dass sie im Wasser nichts zu suchen hatten. Ich ging nicht zur Bank. Ich ging ans Ufer, dorthin, wo die alten Steine in den See hineinragten wie die Überbleibsel eines Rituals.

Ich setzte mich auf den kältesten Stein.

Der Himmel begann zu glühen. Nicht orange, nicht rosa – sondern wie Papier, das man langsam über eine Flamme hält.

Ich holte den Würfel hervor. Sah ihn lange an. Er war noch immer glatt, leer – aber ich spürte, dass er etwas wollte. Oder vielmehr: bereit war.

„Ich bin hier", sagte ich leise.

Keine Antwort.

Ich dachte an all das, was hinter mir lag: der erste Besuch, das Radio, der Igel, die Stimmen, der Brief. Die Superhelden. Die Regeln. Die Abwege. Und die Stille, die alles verband.

Ich legte den Würfel ins Wasser.

Er schwamm nicht. Er versank nicht. Er… stand. Einfach so. Auf dem Wasser. Als würde er nicht glauben, dass es Wasser war.

Und dann – ganz langsam – begann er sich zu drehen.

Er drehte sich nicht wie ein Stein, der sinkt. Sondern wie ein Planet, der den Tag beginnt. Eine Umdrehung in einer Minute. Vielleicht langsamer.

Ich wagte nicht, mich zu bewegen.

Und in dieser Drehung, da begriff ich etwas:

Nicht der Würfel war die Botschaft. Nicht Großvater. Nicht das Buch.

Sondern der Akt des Wartens. Die stille Übereinkunft mit dem Unbekannten, dass man nicht mehr drängte. Dass man bereit war, nicht zu verstehen.

Hinter mir begannen Vögel zu rufen. Die Stadt wachte auf, aber nicht für mich. Ich war woanders.

Der Würfel stoppte. Er stand still. Und plötzlich…
eine Linie. Quer über seine Oberfläche. Fein.
Golden. Wie ein Riss im Licht.

Ich wollte aufstehen.

Doch ich wusste: Der Moment war noch nicht
vorbei.

Der goldene Riss auf dem Würfel war kein Fehler.
Er war eine Öffnung. Kein Licht trat heraus, kein
Ton – nur eine Art Gefühl, das sich langsam von
dort aus in die Luft legte, wie Nebel, der nicht
feucht war.

Ich sah ihn an. Und zum ersten Mal wusste ich:
Der Würfel war nicht für mich.

Er war ich. Oder ein Teil von mir, der nun losließ.

Ich wollte schreiben. Doch das Notizbuch blieb
auf meinem Schoß geschlossen. Es war, als
wüsste es: Dies hier gehört nicht mehr in Wörter.
Es gehört in das Dazwischen.

Ein Wind zog auf. Zart, aber sicher. Er kam über
das Wasser, berührte mein Gesicht wie eine
Hand, die sich verabschiedet, ohne zu ziehen.

Dann hörte ich sie.

Nicht Großvaters Stimme. Auch nicht Miras.

Sondern eine dritte. Die nie gesprochen hatte.
Und doch in allem war.

„Du bist angekommen", sagte sie.

Ich sagte nichts. Ich war nur still.

Der Würfel vibrierte ein letztes Mal. Und dann –
löste er sich auf. Kein Geräusch. Kein Licht. Nur
das Gefühl, dass etwas, das immer da war, nun in
etwas Größerem aufgegangen war.

Ich stand auf. Langsam. Ohne Eile.

Hinter mir war Schwerin, alt und neu zugleich. Vor
mir war das Wasser, das nun nicht mehr still war,
sondern leicht bewegt, als würde es atmen.

Ich nahm das Notizbuch, schlug eine letzte Seite
auf, und schrieb nur einen Satz:

„Ich bin kein Nachruf. Ich bin ein Anfang."

Dann ging ich. Nicht weit. Nur ein paar Schritte.

Und da – zwischen zwei Bäumen – sah ich ihn.

Großvater.

Er saß auf einer Bank, die nie dort gewesen war.
Sah mich an. Und nickte.

Ich ging nicht zu ihm.
Ich nickte zurück.

Und dann war er nicht mehr da.

Nur der Schatten der Bank blieb.
Und das Licht.

Ein leises, weiches Licht, das keinen Ursprung
hatte.

Ich blieb noch einen Moment. Dann schloss ich
das Buch.

Der Tag hatte begonnen.
Und ich auch.